U0501810

回归悦读，回归经典

轻经典

丘特切夫抒情诗选

[俄罗斯] 丘特切夫 著　丁鲁 译

中国友谊出版公司

图书在版编目（ＣＩＰ）数据

丘特切夫抒情诗选 ／（俄罗斯）丘特切夫著 ；丁鲁译． —— 北京 ：中国友谊出版公司，2014.7

ISBN 978－7－5057－3390－9

Ⅰ．①丘… Ⅱ．①丘… ②丁… Ⅲ．①抒情诗－诗集－俄罗斯－近代 Ⅳ．①I512.24

中国版本图书馆CIP数据核字(2014)第109577号

轻经典

书名	丘特切夫抒情诗选
著者	[俄罗斯] 丘特切夫
译者	丁鲁
出版	中国友谊出版公司
发行	中国友谊出版公司
经销	新华书店
印刷	北京鑫海达印刷有限公司
规格	889×1194毫米　32开
	6.5印张　190千字
版次	2014年8月第1版
印次	2014年8月第1次印刷
书号	ISBN 978－7－5057－3390－9
定价	28.00元
地址	北京市朝阳区西坝河南里17号楼
邮编	100028
电话	(010) 64668676

目录

丘特切夫，现代派，诗歌翻译
——代译序

一

文学译作总得写一篇译序，说说作者的生平，谈谈他的创作，已经成了我们的惯例。这当然也对。可是现在有一种普遍看法，以为没有这样一篇东西，似乎就只是单纯的翻译，谈不上研究成果，那就很值得商榷了。且不说文学翻译本身还有许多需要研究的课题，也不说文学翻译本身就是一种不同民族的文学交流活动；光说作家作品的研究，在我们这样一个外文很不普及的时期，就处处离不开翻译。不仅错误百出的译文无法用来研究外国作品和外国作家，就是文学性不强的译文，也难当此重任。

对于诗歌，就更是如此。因为诗歌译文本身首先应该是"诗"，应该是在中国人眼里通得过的"诗"。在国外，研究别国文学的成果不光表现在专著。如果哪一年能够出版一部或几部优秀译作，那也要算是很有成果的了。西方各国语文知识和技能非常普及，掌握不止一种语文的人很多，反而这样重视诗歌翻译，因为没有这样"真正是'诗'"的诗歌译文，别国诗歌的史论研究就像盖在沙上的房屋一样靠不住。过去中国人所谓"马雅可夫斯基自由体"、"马雅可夫斯基散文美"、"马雅可夫斯基不押韵"以及什么"中国马体"之类说法在国际上成为笑柄，就是一个突出的例子。

因此，对外国诗歌部门来说，翻译不仅是一个工具，而且是整个部门和一切史论研究的基础。

二

由于苏联时期评价诗歌的厚此薄彼，我国读者长期不知道丘特切夫这个诗人的名字。改革开放以来，国内对他已经有一些译介和评介。虽然还没有出现上个世纪七八十年代介绍叶赛宁那样的热潮，但译者中已经有查良铮先生这样著名的诗人了。

费奥多尔·伊万诺维奇·丘特切夫（1803~1873）的生平并不复杂：家庭生活条件不错，受过良好教育，在外交部门任职并曾多年在国外工作，后来又担任过外交部审查外文书刊的官员。个人生活方面，妻子死后第二次结婚，后来又长期有一桩婚外情并育有后代。

费·伊·丘特切夫是俄罗斯诗歌史上的重要人物。他并没有刻意去"做诗人"，但在他生前，普希金、列夫·托尔斯泰等许多人就已经给他以极高评价。

1836 年，普希金读到丘特切夫的诗，非常兴奋，亲自选了 24 首在《现代人》杂志发表。1834 年，屠格涅夫编定丘特切夫的第一本诗集，并亲写书评。陀斯妥耶夫斯基认为丘特切夫"是第一个哲理诗人，除普希金而外，没有人能和他并列"。列夫·托尔斯泰甚至认为他高于普希金，并且说："不读丘特切夫，我是活不下去的。"

他的诗之所以受推崇，一是由于哲理诗，二是由于风景诗，三是由于爱情诗。而贯穿其作品的一条主线，就是哲理性和内心世界的发掘。除了单纯的哲理诗之外，他的风景诗和爱情诗，也充满了哲理的思考。

三

自 1877 年涅克拉索夫逝世之后，俄罗斯诗歌曾暂时处于低潮。1890 年代，在法国象征主义影响之下，俄国象征主义勃然兴起；直至 20 世纪 30 年代，在这段短短的时间内，从象征主义到阿克梅派和未来派，形成了俄罗斯现代主义的高潮，史称"白银时代"。

俄罗斯现代派一开始就将丘特切夫奉为鼻祖。法国象征主义对俄国的影响当然不容置疑，但对俄国象征主义的产生和发展起决定作用的最终还是俄罗斯本国的诗歌传统。勃留索夫就提到俄罗斯有两种诗歌：以普希金为代表的是关注外部世界和可见世界的诗歌，以丘特切夫为代表的是关注人的意识深层和超感觉世界的诗歌。他还说："俄罗斯有自己的诗人，不逊于甚至在很多地方超过自己伟大的西方同行。并且，那个常被叫做象征主义的流派，在俄罗斯拥有自己的追随者和天才表达者，要比西方早得多。"丘特切夫的《沉默吧！》和《问题》，被许多俄罗斯现代派诗人推崇备至。曼德尔施塔姆提到《问题》一诗时曾说："阿克梅派崇敬地举起丘特切夫那块神秘的石头，把它放在其建筑物的基座上。"而"思想说出来就成了谎言"一句，更成为俄罗斯现代派诗人的座右铭。

四

与此同时，在索绪尔结构主义语言学影响下，作为西方文论史中一个重要进程的俄罗斯形式主义在短期内迅速发展起来，并对 20

世纪西方现代派文学产生了巨大影响。20世纪的西方文论，经历了研究重心从作家到作品和从作品到读者的两个转移；而俄罗斯形式主义，就是第一个转移的标志。因此，后来出现的众多文艺美学新流派，无不将俄罗斯形式主义当作自己的理论发源地。

迄今为止，我们对俄罗斯形式主义的研究，应该说是非常不够的。这种不够，表现在"第一手"的研究非常缺乏。我们研究政治理论常常强调要读原著，有时还要读外文的原著，搞文学也不应该例外。俄罗斯形式主义者们的著作，许多涉及诗歌，而诗歌作品既必须读原文，又不能不研究它们在中文里如何表达。否则，人家对某个诗歌现象举了一个例子，我们既不明白原诗为什么体现了这种现象，又面对一些不能准确体现这种现象的译文，就会很惶惑。而我们如果不掌握一种或多种外文，对世界现代派潮流中很重要的俄罗斯现代派这个分支，特别是对俄罗斯形式主义，就很难有具体而切实的了解。

我说这些话，并不是对某个人或某些人能力的肯定或否定，而是说明将近一个世纪以来的战争和社会大动荡给我们的学术研究留下了多少亟待弥补的空白。说到对俄罗斯形式主义的研究，该弥补的空白很多。除了外语教学的普及和语种的多样化之外，诗歌译法的研究就是一项重头戏。面对大量的西洋格律诗，不能不考虑使用现代汉语的格律诗体去翻译；可是我们不仅至今还没有一种公认的格律规范，而且在是否需要使用现代汉语格律诗去翻译西洋格律诗的问题上还没有取得共识，甚至在诗歌是否可译的问题上也还能偶尔遇到不同的意见。由此可见目前中国诗歌的现实是多么严重地影响了人们的认识。

五

中国的现代白话创作诗歌从五四运动开始，已经将近一百年了，至今问题成堆。究其原因，恰恰由于文本研究是它的薄弱环节。

白话诗产生于五四时期的白话文运动，是文体突变（法定的书面语言短期内由文言变为白话）的产物。语言是诗歌的物质基础。语言的突变，使中国的现代白话创作诗歌和古典诗歌在诗歌形式上的传统中断了，白话新诗等于另起炉灶，因而自由诗一家独大。特别重视格律形式的中国古典诗歌，短期内走向另一端，变化之大，令人瞠目结舌。

这也影响到人们对诗歌形式问题的看法。在西方，写自由诗的人都有格律诗的基本修养；而在中国，人们普遍了解和承认的是文言格律诗，许多人还不知道白话也可以有格律诗。在诗歌界，有些人甚至对白话格律诗采取完全否定的态度；以致我们还必须去反复说明用现代汉语是可以写格律诗的，而且现代汉语的格律诗是大量存在的（比如现代民歌和现代歌词），甚至还要对看不起现代民歌和歌词的朋友进行耐心的说服工作。

目前我们文学界和诗歌界有些朋友提倡现代派，但其中不少人对西方的现代派缺乏切实的了解。究其原因，首先在于忽视"第一手"的研究。有些朋友不掌握一种或多种外文，或者掌握了却不用来阅读原著而依靠他人的译著；或者在中国古典诗歌的修养上有待补课，不能理解以现代汉语格律诗体来翻译西方格律诗的必要性，或理解其必要性却不了解如何进行这种翻译——所有这一切，都影响到我们对现代派的第一手研究。这些朋友往往以为所谓现代派，就是自由诗，甚至就是完全不顾语法、任意挥洒的分行散文。他们否定白话格律诗，也就很不重视、甚至很瞧不起诗歌文本的翻译工作，以为不过是一种类似文秘工作的简单的语言转换；因而他们所最缺乏的，也恰恰是对诗歌作品本身的文本研究。其中有些朋友，认为所谓诗歌，不过是说出来的那几句话，对韵律呀、诗味呀等等，完全不予考虑。这就严重影响到他们对诗歌本体的认识了。

因此，要学现代派，就要从源头学起，就要把人家的东西切切实实地学到手。联系到中国白话诗歌的现状，最缺乏的恰恰就是对诗歌作品的文本研究。诗歌翻译既需要研究外国诗歌作品的原文，也需要研究它在现代汉语中的传达；在目前这个时期，还需要研究用来传达大量外国格律诗的现代汉语的格律工具。所以，重视诗歌翻译，就是我们当前诗歌文本研究的一个重要的切入点：对于了解西方现代派是如此，对于建设中国的、现代的、白话的创作诗歌也是如此。

为了跳出各种流行的看法，我们不仅要有清醒的意识和科学的态度，而且要进行脚踏实地的工作。我们应该为此而努力。

2012 年 10 月 14 日

［本文参考书］
1）查良铮：丘特切夫诗选·译后记，外国文学出版社 1985 年版
2）朱宪生、陈先元：丘特切夫抒情诗选·译后记（丘特切夫及其诗歌
——陈先元执笔），漓江出版社 1986 年版
3）郑体武：俄国现代主义诗歌，上海外语教育出版社 1999 年版
4）张 冰：白银时代——俄国文学思潮与流派，人民文学出版社 2006 年版

丘特切夫抒情诗选

给拉伊奇①

舟人冲过炫目的旋涡，
到达渴望已久的彼岸；
在码头结束了荒野的长途，
重新把快乐的心情体验！……
狂喜中他怎么会不用花朵
装饰他威力强大的小船？……
怎么不会用鲜花和绿叶
遮去风涛留下的印斑？……

你怀着勇气，怀着光荣，
用船舵把辽阔的海洋冲破——
朋友呀，如今你平静而庄严，
满怀胜利的喜悦去停泊。
快上岸，歌手呀，把你的脑袋
靠在亲爱的朋友胸前——
我会用阿波罗树上的枝叶②
为他的弟子③编一个花冠！……

1820 年 9 月 14 日

---

① 谢苗·叶戈洛维奇·拉伊奇（1792~1855）——作者的老师和朋友，1816~1820 年译出
古罗马诗人维吉尔（公元前 70~ 公元前 19）的《农事诗》，作者写此诗以表祝贺。
② 阿波罗树——指月桂树。阿波罗是古希腊神话里的太阳神，他也管诗歌。月桂树枝
编成的桂冠常用来献给战斗和体育竞赛的胜利者，也用来献给优秀的诗人。
③ 阿波罗的弟子，指诗人。

和普希金《自由颂》 ①

燃起自由的熊熊烈焰，

压倒镣铐撞击的声音，

阿尔凯 ② 的精神在弦琴中苏醒——

奴役在琴声里化作灰尘。

琴上迸出无数的火星，

以摧枯拉朽的激流喷射，

如同圣火来自上苍，

降临到帝王苍白的头额。

幸福者忘掉权位和宝座，

生来就为了用勇敢的声音

宣告那些神圣的真理，

警示死不改悔的暴君！

这样一种伟大的使命

就赋予了你呀，诗神的门生！

请用你甜美的嗓音歌唱，

让感悟的声音飞出胸口，

让冷酷的专制政权的友人

转变为善与美的朋友！

---

① 普希金的《自由颂》写于1817年，作者写此诗应和。从本诗最后一段可以看出，作者既反感专制暴政，又希望采用说服的方法使之转变。

② 阿尔凯（公元前7~前6世纪）——古希腊诗人，其颂歌表达了对暴君的愤恨。作者将普希金比作阿尔凯。

可是别打搅平民的安宁，
不要让桂冠的光辉黯淡，
歌手呀！在高贵的锦缎下面，
用奇妙的琴声感化人们，
不要叫人们的心灵慌乱！

1820 年

撞上了不幸生活的石头……①

撞上了不幸生活的石头，
　　他被大自然抛弃——
一个活蹦乱跳的小孩儿
　　在漫不经心地游戏。
可是诗神把孤儿抱住，
　　盖上希望的被单，
铺开诗歌的豪华地毯，
　　垫在他身子下边。

诗神的翅膀把他庇护，
　　他一年年迅速成长——
成了个感情丰富的诗人，

————————

① 本诗也是赠给拉伊奇的。

把自由的圣殿瞻仰；
他不用阴暗僵死的供品
　　来献给自己的神灵——
他献上的只是一束鲜花，
　　和他那热烈的琴声。

还有另外的一位神灵
　　他年轻时也很尊重——
爱神嬉戏在他的身边，
　　也要诗人来上供。
他射了诗人一箭作纪念，
　　在甜蜜的空闲时间，
用箭头把俄耳甫斯夫妻的故事 ①
　　铭刻在诗人的心田。

在这个世界，在梦的王国，
　　诗人在梦想中生活——
就这样，他获得了人世的桂冠，
　　还会要到达天国……
他头脑机智，目光准确，
　　富于敏锐的想象……
而争论，一辈子只有一次——
　　在论文的答辩会上。

　　　　　　　　　　1822~1828 年间

————————

① 俄耳甫斯是古希腊传说中的诗人和歌手。他的妻子欧律狄刻死后，他追到阴间，冥后
被其琴声所感动，答应他把欧律狄刻带回人世，但不许他在路上回顾。快到地面时，
他回头看了一眼，欧律狄刻又回到阴间去了。维吉尔在《农事诗》中写了这个故事。

泪

啊，泪泉……①

格 雷 ②

朋友呀，我喜欢温柔地注视：
紫红色美酒冒着火星，
红宝石似的芳香的果实
藏在浓密的绿叶丛中。

我爱看世上所有的生灵
被一片大好的春光笼罩，
世界在香气中沉入梦乡，
梦中还露出甜甜的微笑！……

我爱看春天温和的大气
染红了美女可爱的脸庞，
一会儿吹起她撩动情思的鬈发，
一会儿痛饮她酒窝的琼浆！

但爱神的美貌，玫瑰的芳香和葡萄美酒
在你的面前真不值一顾——

---

① 原为拉丁文。
② 托马斯·格雷（1716~1771）——英国诗人。

啊——你这神圣的泪泉，
映照着天国朝霞的珠露！……

天国的光芒照耀其中，
辉煌闪烁，像一粒粒火星，
在生活的雷雨和乌云上面
画出了一道道活跃的彩虹。

泪的天使呀，你的翅膀
只要一触及世人的眼帘——
泪珠就会让云雾消散，
晴空就会像天使的面容
突然出现在人们前面。

1823 年 7 月

给　N.①

你亲热的目光充满天真的激情，
这是你圣洁情感的金色黎明，
对于人们却只是无言的责难，
可惜不能唤起他人的同情。

---

① 本诗致赠对象不详。

人们的心中缺少真情实意，
朋友呀，他们像是把法庭躲避，
躲避你充满情意的稚嫩的目光，
大家都怕它，像害怕童年的记忆。

这目光对我却如同上天的恩典；
在我的心灵深处，像生命的源泉——
这目光无论何时都不会熄灭，
我需要它，就像需要空气和蓝天。

美好的光辉充满向上的精神，
这神圣的光辉只会在天堂闪现；
在罪恶的黑夜和可怕的深渊底层，
圣洁的光辉在燃烧，像地狱的火焰。

                            1824 年 11 月 23 日

闪　光

夜色深深，你可曾听见
风吹弦琴缥缈的声音？——①

---

① 这里提到的是靠天然风吹动而发声的一种弦琴。（这实际上不能算是一种用来演奏
的乐器。）这种弦琴的形象 19 世纪初常常出现在诗人的作品中。

当午夜无意之中触动了
琴弦睡意沉沉的梦魂……

这声音一会儿震撼人心，
一会儿忽然又悄悄止息……
就像最后的痛苦呻吟，
反映在琴弦，然后消失！

柔风每一丝轻微的呼吸
都能触发琴弦的痛楚……
你会说：这是天使的弦琴
在尘世为思念天堂而愁苦！

啊——这时我们的心灵
多想从人间向永恒飞行！
逝去的一切像友人的幻影，
真想把它们紧抱在前胸。

这时有多么真实的信仰，
心儿又多么快乐，开朗！
天堂像一股空灵的气流，
在我们脉管中奔腾流淌！

没人向我们评价天堂，
我们对天堂很快就厌倦——
哪怕是任何微小的尘埃

也不能显示神灵的火焰。

我们费了好大的力气，
暂时打断了美梦重重，
欠起身子，把颤抖的目光
模模糊糊地投向天穹——

一道光明让我们眼花，
我们的头脑倍感沉重，
重新躺倒——不是安眠，
而是陷入累人的噩梦。

1825 年

黄　昏

正像一阵遥远的钟声
在山谷上空轻轻飘荡，
正像一群灰鹤的喧呼——
黄昏消失在林涛之上。

正像大海春潮的破晓
不会荡起白昼的波光——

夜幕笼罩着整个山谷，

显得更加沉静而匆忙。

1826 年

正　午

浓荫下的正午懒懒洋洋，

河水懒懒地流向前方，

晴朗的天空热浪翻滚，

浮云懒懒地四处飞扬。

暑热和倦意像雾气蒸腾，

把世间万物全都笼罩；

伟大的潘 ① 躲进仙女的洞府，

连他也在那儿睡着午觉。

1827~1830 年

---

① 潘——古希腊神话中的山林、畜牧和狩猎的保护神。身体是人，却长着山羊腿，头上也长角。常和山林沼泽的仙女们一起游乐。

春天的雷雨

我喜欢五月初旬的暴雨，
那时第一声春雷响起，
它欢蹦乱跳，活泼机灵，
轰隆隆滚过蓝色的天宇。

首次震响隆隆的雷声，
雨珠四溅，飞土扬尘，
雨线把一串串珍珠挂起，
太阳给它们抹上了黄金。

湍急的河水奔下山间，
林鸟齐鸣，不得安静，
林中的鸟叫，山上的水声
全都和春雷快乐地呼应。

你会说：是轻佻的赫柏姑娘 ①
正在把宙斯的天鹰喂养，②
将冒着雷霆泡沫的酒浆
微笑着从天空泼到了地上。

1828，1854 年

---

① 赫柏——希腊神话中的青春女神，天神宙斯和天后赫拉的女儿。在宴会上负责为众
神斟酒。
② 鹰是宙斯的标志。

拿破仑之墓

春天的心儿让大自然苏醒，
万物在庄严的宁静中闪光：
晴朗的碧空，蔚蓝的大海，
还有这奇异的坟墓和山岗[①]！
四周的树木缀满鲜花，
树影摇荡在寂静的天地，
向春日晒暖的大理石墓碑
轻轻送来海涛的气息……

他胜利的惊雷没止息多久，
回声还响在世界的上空……
…………
…………[②]
历史上多的是伟大的幽灵，
只有他独立在荒凉的海岛，
远离一切，谛听涛声，
欣赏着成群海鸟的喧闹。

1828 年

---

① 拿破仑 1821 年葬于圣赫勒拿岛。
② 这两行被审查机关删去，没有保存下来。

迷　藏 ①

那是她的竖琴——在墙脚，和往常一样，
石竹花儿和玫瑰仍旧在窗边开放，
中午，地板上洒满昏昏欲睡的阳光。
约会的时间到了！可她在什么地方？

啊——有谁能帮我找到这淘气的姑娘？
我的轻盈的仙女呀，你究竟在哪里躲藏？
我感到一种神奇的、亲密无间的气氛，
似乎是美满的幸福在空中流泻飞扬。

难怪石竹花儿狡黠地偷偷探看，
可爱的玫瑰呀，难怪在你们的绿叶中间
红花儿更加火红，香气更加袭人：
我懂了，一定是有谁藏在这鲜花儿里面！

这不是你的竖琴在为我轻轻弹响？
难道你想在金色的琴弦里面躲藏？
金属琴弦在抖动，这是你把它唤醒，
温柔甜蜜的颤音在久久不息地飘扬。

正如中午的阳光映照出翻飞的尘土，

---

① 原为法文。

15

正如活泼的火星在熊熊的火舌中跳舞——
我在熟悉的双眸中看到这片火光，
它那迷人的魅力我是多么清楚！

飘进了一只蝴蝶，在缤纷的鲜花中
它开始来去翻飞，装得无忧无虑。
啊——别再转圈儿啦，我的尊贵的客人！
哪怕你多么空灵，难道我认不出是你？

1829 年

夏日的黄昏

太阳像一个炽热的圆球，
被大地从它的头顶推落；
傍晚满天宁静的火霞
也被海上的波涛吞没。

升起了一群发亮的星星，
——像隔着水气，看不分明——
它们的小脑袋微微托起了
那紧压在我们头上的天空。

大气是一条浩荡的江河，
在天地之间流得更欢畅，

呼吸变得更轻松自如，

从连天热浪中得到了解放。

甜蜜的战栗如一股清流，

掠过大自然母亲的脉管，

好像是她那灼热的脚心

突然踩到了冰凉的泉眼。

1829 年

幻　象

有这种时刻，深夜里万籁俱寂，

在这样一种奇迹出现的时光，

宇宙那辆生气勃勃的马车 ①

堂而皇之地驶向天国的殿堂。

夜色更浓，如浑沌降临江河，

狂躁像阿特拉斯 ② 把大地紧压；

只有缪斯纯洁无瑕的灵魂

在噩兆的梦中受到诸神的惊吓！

1829 年

---

① 这是地球的代用语。西方古代诗歌常用这种说法，如"白昼的马车"指太阳，"夜晚的马车"指月亮。

② 古希腊神话中的巨人，用肩膀和手扛着天。

不眠之夜

时钟千篇一律的敲击
诉说着长夜烦心的故事。
这语言人人都感到陌生，
却又都听见，像良心的启示！

在这万籁无声的夜里，
我们有谁不满怀忧思
谛听时间暗哑的呻吟——
那命中注定的诀别的言辞！

想必这孤苦伶仃的世界
遭到的噩运无可抗拒，
我们虽然经历了奋争，
却已被大自然彻底抛弃。

我们的人生就在前头，
有如海角天涯的幻象，
随同我们的时代和朋辈，
越来越淡出昏暗的远方。

这时新生的、年轻的一群
正在阳光下茁壮成长，
朋友呀，我们和我们的时代

早就已经被他们遗忘！

只有在夜深人静的时刻，
偶尔举行悲伤的葬礼，
墓地上锹镐撞击的声音
有时为哀悼我们而响起！

1829 年

愉快的白昼还在喧腾……

愉快的白昼还在喧腾，
街上的人群摩肩接踵，
黄昏的云影就已经飞来，
飘过一排排明亮的房顶。

美满生活的各种音响
有时隐约传到我耳中——
一切都汇成一股声浪，
嘈杂、喧闹、听不分明。

春天的爱抚使我疲劳，
我不禁沉入了恍惚状态；
我不知睡了多长时间，

醒来却感到非常奇怪……

四周的喧嚣已经消失，
各处一点儿声音也没有——
墙上只看到影子飘浮，
在半睡半醒中闪烁颤抖……

天上那轮苍白的月亮
悄悄窥视在我的窗前，
我感到月亮在为我站岗，
正在守护我静静地安眠。

我觉得似乎有一位天神，
带给我安宁，不露形迹，
把我从金光灿烂的白天
领进了那片幽灵的天地。

1829，1851 年

天　鹅

任那云天之外的雄鹰
去搏击瞬息飞逝的闪电，
用它坚定不移的目光

贪婪地捕捉太阳的光线；

纯洁的天鹅啊，你的命运
却令人羡慕，无与伦比——
神用来包裹你的元素 ①
是这样纯洁，正像你自己。

在深邃无垠的天地之间，
这元素抚慰着你的梦幻，
你梦见了一切——而光荣的星空
围绕在你的四方八面。

1820 年代末~1830 年代初

面对白昼大肆喧哗的人群……

面对白昼大肆喧哗的人群，
我的目光、举止、言语和感情
遇到你往往不敢表露出欣喜——
我亲爱的人哪！请不要责备我无情！……

你看，在白昼蒙眬的云影中间，

天上的明月也只有微微的光亮，

可是到夜晚——像芳香的、金色的圣油，

月光就流泻在晶莹如镜的天上！

1820 年代末~1830 年代初

"你发现他在贵族的社会圈中……"

你发现他在贵族的社会圈中，

一会儿快乐又任性，一会儿阴沉，

散漫，粗野，满怀隐秘的思绪，

这就是诗人——而你瞧不起诗人！

瞧瞧月亮吧：它白天像稀薄的浮云，

挂在天边，几乎耗尽了精力——

到夜晚，却在昏睡的小树林上空

尽情照耀——就像是辉煌的上帝！

1820 年代末~1830 年代初

山中的早晨

一夜雷雨洗出了
碧空的微笑，
山间蜿蜒的峡谷
露光闪耀。

浓雾遮盖了山坡——
到高山的半腰，
好像是魔宫的废墟，
空灵而缥缈。

1830 年

雪　山

中午时分直射的阳光
已经烤热了周围的大地；
高山长满幽暗的森林，
到处升起白色的云气。

山下，像一面精钢的明镜——
湖水泛出碧蓝的波光；

溪流从晒得耀眼的石上
匆匆流向深谷的家乡。

这时我们所有的世人
都睡眼蒙眬，困倦乏力，
身心浸透了醉人的花香，
正在午间的日影下休息。

头上，冰雪覆盖的群峰，
在死气沉沉的大地上空，
和火热的蓝天做着游戏——
好像一群亲切的神灵。

1830 年

就像海洋包裹着地球……

就像海洋包裹着地球，
睡梦在尘世的周围弥漫；
夜一到——洪波用响亮的浪涛
　　就拍打着自己的海岸。

涛声纠缠着你我，在请求……
神奇的小舟活跃在码头；

涨潮了，我们很快被带走，
　　向无边的黑浪中漂流。

天穹布满灿烂的群星，
从深邃的远方神秘地窥探——
我们漂流着，炽热的深渊
　　围绕在四方八面。

1830 年

海　驹 [①]

海上的神驹啊，烈性的骏马！
你满肩披着淡绿色长鬃，
有时你显得多么温顺，
有时又狂暴地跳跃奔腾！
在这片广阔的上帝的郊原，
是猛烈的旋风将你抚养；
它教你怎样竖起耳朵，
怎样尽情地奔驰来往！

我多么爱看你没命地驰驱，

---

① 本诗在 1900 年的全集中列入"译诗"，但原作不详。

浑身充满高傲的精力，

扬起你那厚厚的鬃毛，

流着汗沫，冒着热气，

向海岸奔来，势如风雨，

带着阵阵快活的嘶鸣，

把马蹄撒向轰响的岩岸，

撞成水雾——四处飞腾……

1830 年

[译评]　乍看是写神话中海上的马，读到末尾知道是写海浪，可是多次诵读之后却感到诗里还有许多深层的、揭示作者心灵和思想感情的东西。

在这里，天穹萎靡不振地……①

在这里，天穹萎靡不振地

瞧着贫瘠的土地发愣——

疲惫的大自然在这里酣眠，

陷入了死气沉沉的噩梦……

只有些白桦，色彩黯淡，

---

① 本诗写的是作者 1830 年自德国回俄国时沿途的印象。

苔藓灰黑，灌木矮小，
像热病患者眼中的幻象，
把这片死寂的平和打搅。

1830 年

给姐妹俩

我曾经看见你们两人在一起——
见到了她，就让我想起了你……
同样是静静的目光，温柔的声音，
同样是青春的光辉洒满全身！

  一切像重现在魔镜中一样：
  往日的欢乐，往日的忧伤，
  那是你早已逝去的青春，
  那是我早已死去的爱情！

1830 年

宁　静

雷雨过去——高大的橡树

被电火击倒，冒着青烟，

烟气从枝叶间不断飘出，

树叶在雨后却更加新鲜。

林鸟早就在唱起歌儿，

精力更充沛，歌声更响亮，

彩虹弯下了它的一头，

搭在清翠的高山顶上。

1830 年

疯　狂 ①

天穹像布满了滚滚烟尘，

和烧毁的大地连成一体——

无忧无虑，乐乐呵呵，

可怜的疯狂就生存在那里。

---

① "找水者"的神秘形象深受谢林唯心主义哲学的信奉者们喜爱。这首诗里出现的就
是这个形象。

炽热的阳光烤在它头顶，

它钻进滚烫的流沙里存身，

睁大玻璃球似的双眼，

竭尽全力在云层里找寻。

它猛然抖擞，趴下身躯，

像贪婪地倾听些什么一样，

向地缝贴上灵敏的耳朵，

满意的表情暗露在脸上。

它觉得听到了流水的喧腾，

听到了地下泉流的奔涌，

它们唱着催眠的歌儿，

正在喷出地上的泉孔！……

1830 年

我驱车驰过利沃尼亚的原野……①

我驱车驰过利沃尼亚②的原野，

四周的一切是如此令人悲愁……

---

① 本诗和下一首，都跟前面那首"在这里，天穹萎靡不振地……"一样，是写的作者
1830 年自德国回俄国时的沿途印象。

② 利沃尼亚——中世纪拉脱维亚和爱沙尼亚的统称。

色彩灰暗的天空，沙荒的土地——
让万千思绪涌起在我的心头。

我想起这片凄凉大地的往事——
想起那血腥的、黑暗阴森的时日，
那时这大地的健儿受辱蒙羞，
不得不亲吻异族骑士的马刺②。

当我望着荒僻无人的河水，
当我望着岸边的阔叶树林，
我想："你们全都是来自远古，
你们是这些往事的同龄证人！"

是啊！只有你们从另一个时代
成功地传到了我们这个世纪。
哪怕你回答我一个问题也好呀——
我真想听听你们当年的经历！……

大自然对过去的一切却保持沉默，
带着模棱两可的神秘笑容——
像一个少年偶然看到了夜宴，
白天里对他的见闻却默不作声。

1830 年

松散的沙土齐膝盖那么深……①

松散的沙土齐膝盖那么深……

车走着——天晚了——快要到黄昏,

路边一棵棵松树的影子

连成了一片,格外阴森。

越走松林就越密越暗——

这地方是多么凄凉惨淡!

暗夜像怪兽,用成百只眼睛

从每一个树丛里向我们窥探!

1830 年

秋日的黄昏

秋日的黄昏冲淡、明丽,

蕴含着可爱而神秘的魅力:

不祥的美景,斑驳的树丛,

红叶沙沙,满怀倦意。

头上是朦胧、寂静的碧空,

下方的大地孤苦伶仃,

---

① 本诗也是写 1830 年自德国回俄国时的沿途印象。

有时冷风会突然吹起，
像预感到狂风暴雨的来临。
消损，疲劳——而面对一切
却颓然一笑，温和柔婉，
对万物之灵而言，这就叫
苦难中令人神往的腼腆。

1830 年

叶

让那些松树和云杉
乱立着，树枝儿直翘，
裹着暴雪狂风，
整个冬天在睡觉。
它们瘦削的叶片
像刺猬的尖刺一般，
哪怕从来不变黄，
可是也从不新鲜。

我们这轻盈的一群
却茂盛而又鲜艳，
我们在树枝上做客，
虽然时间很短暂。

整个火红的夏天
我们都艳丽娇美，
不是和阳光游戏，
就是沐浴着露水！……

当小鸟不再唱歌，
花儿已经萎谢，
阳光不再鲜明，
和风也和我们告别，
我们又何必挂着，
白白地衰败枯黄？
还不如和它们一道
随风飞向远方！

啊——狂暴的风呀，
快来吧，快快地来吧！
从叫人厌烦的枝头
快快把我们撕下！
撕下来，把我们吹走，
我们不愿再停留，
飞吧，让我们飞吧！
和你们一道远游！……

1830 年

33

阿尔卑斯山

阿尔卑斯积雪的群峰
透过苍茫的夜色在凝望；
它们那僵硬冰冷的目光
充满可怕的毁灭的力量。
像是被某种魔力迷住，
打着盹，直到升起霞光，
面目严峻，云烟缭绕，
如同一群死去的帝王！……

但是只要东方一发红，
致命的魔法就失去力量——
主峰第一个亮起王冠，
就像是群峰的大哥一样。
紧接着，一股流光溢彩
从主峰的绝顶散向群峰，
诸峰马上就金冠灿烂，
所有的兄弟都得到了重生！……

1830 年

我记得这一天，它令我难忘……

我记得这一天，它令我难忘，
就像我生命的清晨一样：
她默默地站在我的面前，
胸膛起伏，激动不安，
双颊绯红，如朝霞升起，
越来越显得炽热无比，
突然，像红日喷薄而出，
那无比珍贵的爱情的表露
猛然迸发，冲出她胸间……
崭新的世界就呈现在我眼前！

1830 年

被污染的空气 ①

我热爱这上帝的愤怒！我热爱这神秘的"恶"——
它流泻到万事万物，却始终无影无形，
它弥漫在鲜花丛中，沉浸在透明的泉水，

---

① 本诗写的是作者读斯塔尔夫人小说《科琳娜》(又题为《意大利》)所得的印象。这本小说描写了罗马郊区，近似丘特切夫的风格。

隐藏在彩虹的光谱，充满了罗马的天空。

依旧是高天凝碧，没有片云飞扬，

轻松、甜蜜的气流依旧流进你胸膛，

依旧是温暖的柔风让树梢轻轻摇动，

依旧是玫瑰的香气，但一切——都意味着死亡！

也许如众所周知：大自然有各种声响，

各种色彩和音调，各种好闻的气味，

全都为我们预示最后时刻的到来，

又在安抚我们，给最后的痛苦以安慰。

命运派来的使者虽然铁面无情，

但当他追魂索命，勾走大地的子孙，

也会用轻盈的纱巾遮住自己的形象，

让人不觉得可怕，想不到他的来临！

1830 年

西塞罗 ①

面对国内的风暴和恐慌，

这罗马的雄辩家曾经说过：

"我来得晚了——我还在中途，

---

① 西塞罗（公元前 160~ 公元前 43）——古罗马演说家、修辞学家和政治活动家。

罗马的黑夜就赶上了我！"

是呀！你送别了罗马的光荣，

可是从卡比托山 [①] 的顶峰

你却见到了辉煌的一幕：

陨落了——罗马的血红的星星！……

幸福的人们来到这世间，

恰好面临危急的刹那——

众神会向他发出通知，

请他去出席宴会和谈话；

他目击了众神崇高的场景，

被允许列席他们的协商，

活下来，像上天的居民一样，

畅饮着"永恒"——这天国的琼浆！

1830 年

像热灰上面有一卷手稿……

像热灰上面有一卷手稿，

冒着烟雾，慢慢被烧光，

一股隐秘、无形的烈火

---

① 卡比托山——罗马七座山的主峰，上有著名的朱庇特神庙。（罗马神话中的朱庇特，
即希腊神话的宙斯。）

渐渐吞没了词句和诗行；

生命就这样忧郁地燃烧，
一天天化作轻烟飞走；
在无法忍受的单调之中
我也就这样逐渐地腐朽！……

天哪！但愿有这么一回，
能冒起火苗，烧得更猛烈，
让我再不受痛苦的折磨，
发出强光——然后熄灭！

1830 年

[译评]　知识分子的人生苦闷之歌。

春　水

田野的白雪还没有消融，
江河就响起春天的喧闹——
奔流着，唤醒沉睡的河岸，
波光粼粼，大声宣告……

这声音响彻四面八方：

"春天来了，春天来了！
我们都是新春的使者，
她提前把我们派过来了！"

春天来了！紧跟在后面
是五月宁静而温暖的时光——
脸蛋嫣红，容光焕发——
像一群跳着环舞的姑娘。

　　　　　　　　　　1830 年

沉默吧！ ①

沉默吧，躲起来，什么也别讲，
隐藏好自己的感情和梦想！
让它们在心灵深处运行，
就像群星在夜晚的天空
无言地升起，无言地降落——
观赏它们吧——可是要沉默。

怎样向一颗心倾诉你自己？
别人又怎么会听得懂你？

———————————

① 原为拉丁文。

谁能够了解你信念的源泉？

思想说出来就成了谎言。

翻掘只会使清泉浑浊——

痛饮它们吧——可是要沉默。

要学会生活在内心的世界！

在你的心灵里就有一切，

那里有神妙的思绪萦绕；

白日的光芒会把它赶跑，

外界的喧嚣会把它淹没——

听它们歌唱吧——可是要沉默！······

1830，1854 年

[译评] 此诗寓意深刻，强调内心体验，为托尔斯泰所极力推崇，也被俄罗斯现代派视作金科玉律。特别是其中的"思想说出来就成了谎言"一句，更成为他们的座右铭。

在人类这棵高大的树上······①

在人类这棵高大的树上，

你是它最美最美的叶片，

哺育你的是清洁的树汁，

---

① 为悼念歌德而作。歌德逝世于 1832 年 3 月 22 日。

还有太阳最纯净的光线!

你和这大树伟大的心灵
比其他叶片更能够共鸣,
像预言家一样和雷霆谈话,
或者愉快地嬉戏在轻风!

夏日的雷雨,晚秋的旋风,
都不能把你从树枝撕脱:
你美好,长寿,超过他人——
像花瓣——自己从花冠坠落!

1832 年

问　题 ①

山上有一块石头,落在山谷——
它怎么掉的? 如今谁也不清楚。——
是它自己突然从山顶落下?
还是外来的意志推得它滚滑?
一个世纪又一个世纪飞过:
这个问题至今还没人能参破。

1833 年 1 月 15 日, 1857 年 4 月 2 日

---

① 原为法文。

[译评]　这首诗贯穿了作者对唯心还是唯物这一哲学根本问题的思考，也是俄罗斯现代派特别重视的一首诗。曼德尔施塔姆甚至说："阿克梅派崇敬地举起丘特切夫那块神秘的石头，把它放在其建筑物的基座上。"

行吟诗人的竖琴

行吟诗人的竖琴啊！你早就被人遗忘，
扔在昏黑的墙边，在堆满尘土的地上；
然而只要幽暗中浮现出皎洁的月光，
只要月亮的清辉照在你那片地方，
你敏感的琴弦就会突然轻轻战栗，
好像受到惊扰的灵魂发出的梦呓。
月光把多少往事在你的心中唤醒？
也许它让你想到古代遥远的情景？——
当年每夜在这里有一群激情的姑娘，
早已消失的歌声也曾经在这里飞扬，
当年的花园至今依旧鲜花茂盛，
姑娘们轻盈的脚步也曾经在这里滑动！

1834 年 4 月 21 日

从边疆到边疆，从城市到城市……

从边疆到边疆，从城市到城市，
命运像旋风把人们驱赶，
向前啊——不管你高兴不高兴！
一切都与它毫不相干……

风儿送来了熟悉的声音：
那是在最后地告别爱情……
我们后面有无穷的泪水，
前方是迷雾和未知的旅程！

"快快停下来，回头看看，
往哪儿跑呀，为什么要跑？……
爱情已经落在你后头，
世上有什么比它更好？

"爱情已经落在你后头，
满怀绝望，热泪盈眶……
愁闷时应该可怜自己，
珍惜生活的美好时光！

"多少年月的幸福人生，
你实在应该好好回忆……
一切对心灵亲切的东西，

旅途中你已经全都舍弃！……"

回忆阴暗面真不是时候：
现在的气氛本来就阴森。
我们的生活越是幸福，
过去的情景就越是吓人。

从边疆到边疆，从城市到城市，
迅猛的旋风把人们驱赶，
它不会问你高兴不高兴……
只知道拼命地向前啊，向前！

1834~1836 年

我记得那个黄金般
珍贵的片刻……①

我记得那个黄金般珍贵的片刻，
我记得那片心神陶醉的地方：
黄昏降临；只剩下我们两人，
河谷下暗影中多瑙河水在喧响。

---

① 本诗是写给阿·克留登内尔男爵夫人的。它是冯·勒尔亨费尔德伯爵的女儿，这里
写的是作者与她早年交往的片断。

山岗上面是古代城堡的废墟，
泛着白光，朝向遥远的天外；
你站在那里，就像年轻的女神，
斜倚着长满青苔的花岗石块，

你用一只稚气、娇嫩的脚掌
触碰着年深月久的巨石墙体；
夕阳慢慢地离去，落下西山，
告别山岗，告别城堡，和你。

微风无声地掠过你的身旁，
让你单薄的衣襟轻轻飘动，
它还把一朵又一朵野苹果花儿
向你年轻的肩头不停地吹送。

你无牵无挂地向着远方凝望……
阳光消失，天边正烟雾茫茫；
白昼暗了，小河更响地歌唱，
夜色笼罩了沿河两岸的地方。

你带着无忧无虑的愉快心情
享受着一天幸福美满的生活；
甜蜜的日子迅速流逝无踪，
它的身影就从我们头上飞过。

1834~1836 年

海上的梦

海浪和风暴把我的小船颠簸；
我睡意沉沉，不管波涛多险恶。
无限的天地那时藏在我心中，
它们在将我播弄，恣意横行。
四周的岩礁不停地嗡嗡震响，
一阵阵狂风怒号，巨浪在歌唱。
混乱的声响快把我两耳震聋，
我的美梦却腾飞在喧嚣上空。
它充满病态的光明和无言的魅力，
在黑暗和喧嚣的上空飘飞不息。
狂热的光明把梦的世界展开——
到处是蓝天绿野，洁净无埃，
迷宫般的花园，还有廊柱和宫室，
人群无声地涌动，从不停息。

我认识了许多从未见过的生人，
我看见了各种各样的异兽珍禽，
我阔步在万物之上，像天神一样，
我脚下凝固的世界闪闪发亮，
透过这梦境，如同巫师的狂嗥——
我耳边响起大海深渊的怒涛，
而我这幻象和美梦的静静的王国
也溅上了汹涌奔腾的海涛的泡沫。

1836 年

46

啊！我对你的厚意深情……

啊！我对你的厚意深情
我无法掩盖啊，大地母亲！
你忠实的儿子我并不渴望
那虚无缥缈的精神的欢欣。
天堂的慰藉哪能比你呀？——
也别提春光，爱的时刻
和五月鲜花盛开的欢娱，
也别提春梦和青春的美色！……

我只求整天无所事事，
深深饮吸着春日的暖风，
有时向高高的晴空遥望，
追逐浮云无定的行踪；
我只求漫无目的地闲逛，
走马观花，东游西荡，
偶尔闻到清醇的丁香，
或者把空灵的幻影遇上……

                                    1836 年

苍翠的花园睡得格外香甜……

苍翠的花园睡得格外香甜，
躺在蓝色夜晚恬静的怀抱！
透过苹果树上繁盛的白花，
金色的月光多么温柔地照耀！……

像创造世界的第一天一样神秘，
群星燃烧在深邃无底的天宇，
远方感叹的乐声听得分明，
近处的流泉更加清晰地低语……

厚幕高悬，遮住了白天的世界，
活动休止，操劳也已经停歇……
城市睡了，有一种奇妙的轰鸣
却好像林涛一样响在黑夜……

这难以理解的轰鸣来自何方？……
莫非是睡梦解放了死去的思想，
让它那无形的、听而不见的世界
趁着这夜的浑沌纷纷喧响？……

1836 年

闷人的空气一片沉寂……

闷人的空气一片沉寂，
就像是雷雨将临的预示，
玫瑰的香气更加醉人，
蜻蜓的扑翅声更加清晰……

你听！白蒙蒙的云烟后面，
响起了一阵沉闷的雷声；
飞驰的电光一闪而过，
拦腰斩断了整个天空……

生命中有某种过剩的精力，
泛滥在暑热蒸腾的空气，
像一盏充满神力的酒浆，
凝滞在血管中，燃烧不息。

姑娘啊，姑娘，你胸前的纱巾
是由于什么而起伏不停？
为什么你眼中湿润的泪光
充满忧郁，一片蒙眬？

你脸上那片少女的红晕
为什么霎时变得苍白？
是什么让你的嘴唇通红，

又叫你胸中喘不过气来？……

透过你丝一样柔软的睫毛
突然有两滴泪珠掉下……
难道这是最初的雨珠，
预示着雷雨即将到达？……

1836 年

柳树呀，为什么面对河波……

柳树呀，为什么面对河波
你垂下枝条的丝丝缕缕？
为什么每一片抖动的绿叶
都像如饥似渴的嘴唇，
急于把湍急的奔流吸取？

不管水面的每一个叶片
是如何战栗，如何苦痛，
河水却总是滔滔向前，
在艳阳的抚爱下闪着波光，
向你发出揶揄和嘲弄……

1836 年

阴暗的凄风苦雨的黄昏……

阴暗的凄风苦雨的黄昏……

你听，那不是云雀的歌声？……

真是你吗，清晨的贵客呀，

你歌唱在迟暮的、死寂的时辰？

你灵动、欢快、清亮的嗓音，

在这死寂的黄昏抖颤，

正如疯人可怕的笑声，

把我的整个心灵震撼！……

1836 年

灵柩已经被放进墓坑……①

灵柩已经被放进墓坑，

一切都在它周围聚集……

人们在走动，喘气都费劲儿，

腐朽的气味叫胸膛窒息……

---

① 本诗有一种轻微的嘲讽意味。叶赛宁也写过一首类似的诗，可以看出他对丘特切夫
的继承。叶赛宁还有一些诗也使人想起丘特切夫的作品。

敞开的墓穴还没有填土，
朝向那摆着棺柩的新坟，
博学的牧师威风凛凛，
念着一篇下葬的祭文……

他郑重地讲述人生的脆弱，
禁果的被窃，基督的鲜血……
这些明智得体的言词
人们各人有各人的理解……

长空是这样洁净无瑕，
这样辽阔地笼罩着大地……
群鸟唱着愉快的歌儿，
翱翔在深邃、蔚蓝的天际……

                        1836 年

东方发白了。大船在航行……

东方发白了。大船在航行，
船帆发出愉快的响声——
大海在我们下面抖动，
就像是上下颠倒的天空……

东方发红了。她在祷告，
猛然把盖着的头罩掀掉——
祷词轻轻地响在唇边，
她眼里的天空光明普照……

东方燃烧了。她弯下腰身，
低垂的脖子白得耀眼——
几滴映着火光的泪珠
流下她年轻的嫣红的粉脸。

1836 年

世界像一只小鸟，被早霞……

世界像一只小鸟，被早霞
唤醒过来，神清气爽……
唉——只有我这颗头颅
美梦却一直不曾来造访！
虽然一阵阵清新的晨风
将我的长发吹起波纹，
我感到身上却沉重地压着
昨日的暑热，昨日的灰尘！……

啊——新来的火热的一天啊，

这骚乱、喧哗、言谈、叫喊
是多么刺耳，多么粗蛮，
叫我对它们如此反感！……
啊——阳光是多么赤红，
就像烧灼着我的双目！……
夜幕啊，夜幕，你在哪里呀？——
你静静的幽黑和清凉的甘露！……

过去世代的残渣余孽呀，
你们的好日子已经完结！
还有你们的抱怨、牢骚，
和一本正经的不公平指责！……
愁眠未醒，像一个幽灵，
劳累透顶，困倦得不行，
快跟着新一代蹒跚举步——
迎着太阳和星体的运行！……

1836 年

一个个深灰的影子彼此交融……

一个个深灰的影子彼此交融，
色彩变暗，声音也早已消停——
生命和运动都已经自我解脱，

化作模糊的暗影和遥远的轰鸣……
飞蛾潜入夜空，难觅行踪，
扑翅的声音却听得格外真切……
难以名状的、抑郁忧伤的时刻啊！……
一切在我心，我也置身于一切……

静静的夜色啊，睡意沉沉的夜色，
请你深深地流进我的心灵！
静悄悄、懒洋洋、浸透花香的夜色啊，
快淹没一切，让一切趋于宁静！
用忘情的黑雾充溢我的感情，
让我沉迷于其中，忘乎所以……
让我得以体验自我的消亡，
能够和安眠的世界融为一体！

1836 年

多么荒野的山中峡谷……

多么荒野的山中峡谷！
对面奔来了欢快的清泉——
它一直往山下的新居奔去……
我却攀向那挺立的云杉。

我终于登上高高的顶峰，
坐下来，心绪安宁又美妙……
清泉呀，你匆匆流向人间——
请尝尝——那里是什么味道！

1836 年

林间的草地腾起了一只老鹰……

林间的草地腾起了一只老鹰，
盘旋而上，高高地升向苍穹；
越飞越高，展翅迎风翱翔，
突然离去，消失在长天的远方。

大自然母亲给了它宝贵的赏赐，
这就是它那活泼有力的双翅——
我却在这里浑身尘土与热汗，
我这个大地的主人啊，却困锁在地面！……

1836 年

[译评] 人是所谓万物之灵，却困锁在地面。这矛盾
是多么深刻！但是推动人类从学会航空到学会航天的，
不正是这种矛盾吗？

在长满葡萄的山岗上空……

在长满葡萄的山岗上空
金色的云彩慢慢飘行。
山下是昏暗不清的河流，
绿色的波涛喧响不停。
目光渐渐地越过山谷，
抬头向巍峨的群峰观看，
我看见那座高峰的尽头，
耸立着圆形的光明的圣殿。

那里是天神居住的地方，
见不到凡间的生老病死，
山野的空气格外清新，
气流轻快地吹拂不止。
那里听不到一点声音，
只听见大自然生命的搏动，
四周是一片节日的氛围，
那是礼拜日一样的宁静。

                    1836 年

流水变慢，又浓又暗……

流水变慢，又浓又暗，
藏进坚硬的冰层下面，
由于困锁在厚厚的寒冰，
水色、涛声都消失不见——
可是，泉流不死的生命
酷烈的寒冬却无法压倒，
它还在流动——那汩汩的水声
时刻把死寂的严寒惊扰。

同样，当心灵备感凄凉，
被生活折磨得痛苦难当，
欢乐的青春不再激荡，
活泼的奔流不再闪光——
可是在冰层的覆盖之下，
生活在继续，水声在汩汩，
隐秘的泉流低语声声，
有时还听得非常清楚。

1836 年

夜晚的风啊，你为什么长嗥……

夜晚的风啊，你为什么长嗥？
什么事让你疯狂地悲叹？……
你奇怪的歌声意味着什么呀？——
它一时喧呼，一时哀叹！
用只有心灵能理解的言语，
你倾诉着无法体会的忧伤——
你在这言语中挖呀，掘呀，
有时挖出多狂暴的声响！……

啊——别唱起这可怕的歌儿，
把远古亲切的浑沌歌唱！
夜灵的世界在热切地倾听，
将可爱的传闻牢记不忘！
那世界正跳出死者的胸膛，
渴望和无限化为一体！……
啊！——别唤起沉睡的风雷——
风雷下浑沌正骚动不已！……

1836 年

心儿想变成一颗星星……①

心儿想变成一颗星星，
但不是亮在午夜的天上，
那时群星像活泼的眼睛，
不断向沉睡的人间眺望——

而是在白天，当太阳的光焰
像一层烟雾挡住了它们，
星儿在洁净、无形的天宇
却更加明亮，如一群天神。

1836 年

我的心儿是一群幽灵的乐园……

我的心儿是一群幽灵的乐园，
它们光明美好，又沉默无言，
这狂暴年代的意图与之无涉，
欢乐和痛苦也全都与之无缘。

---

① 白昼的星星这一形象参见"你发现他在贵族的社会圈中……"一诗对诗人形象的
描写。

我的心儿是一群幽灵的乐园，

心灵啊，你和生活可完全不一致！

那些逝去的美好岁月的幻影

和这群麻木的幽灵又何曾相似？……

1836 年

无尽的群山连成一线，
奔向光辉灿烂的远天……

无尽的群山连成一线，

奔向光辉灿烂的远天，

声名狼藉的多瑙河水

波涛起伏，世代绵延……

据说，古代在那些地方，

每到碧空高洁的夜晚，

仙女会围着圈跳起舞来——

跳在水下，也跳在河畔；

月亮在倾听，波涛在歌唱，

骑士的城堡降自高山，

向这些跳舞的仙子们注视，

带着一种甜蜜的威严。

突然，像来自天堂的光线，
从古塔上飞下一丝星火，
和她们相互交换着目光，
这目光孤独而又闭锁。

天上的星星来回走动，
注意到火花和仙女的传情，
一面彼此交换着意见，
轻言细语地说个不停。

墙上守护家庭的武士
受到祖辈盔甲的拖累，
听到来自远处的喧哗，
像梦中一样暗暗地陶醉。

武士差点儿进入了梦乡，
喧哗更清晰，闹得更响……
武士在自己的祈祷中醒来，
一面继续在哨位上站岗。

一切逝去，被流年带走——
多瑙河，连你也向命运投降——
如今轮船在你的河面
正顺流而下，四处奔忙。

1836 年

我独坐沉思默想……

我独坐沉思默想，
向即将熄灭的壁炉
　　　泪眼凝望……
我忧伤地想起往事，
找不到该说的言辞，
　　　满怀惆怅。

往事啊——是否曾有过？
现实——又是否能永远？
　　　不，不会回还——
就像那逝去的一切，
将陷入黑暗的深渊——
　　　年复一年。

一年年，一个个世代……
世人像一茬茬禾苗，
　　　又何必愤慨？……
禾苗会迅速干枯——
新春又会有新禾，
　　　又会有新麦。

过去的一切将复活，
过去的玫瑰将盛开，

荆棘也疯长……
你呀，我可怜的花儿，
只有你再不会重生，
　　再不会开放！

我亲手把你摘下，
谁知用怎样的忧伤，
　　怎样的欢喜！
请你待在我怀中，
当爱情最后的悲叹
　　还没有止息。

　　　　　　1836 年

冬天在大发雷霆……

冬天在大发雷霆，
她早就过了期限——
春天正敲着窗户，
要把她赶出庭院。

万物都开始活跃，
全都来驱赶严冬——
云雀在高高的天上

64

也敲响了节日的钟声。

冬天还是在折腾，
对春天埋怨又责怪。
春天却冲着她大笑，
喧闹得更加厉害……

凶恶的冬天生气了，
抓一把冰雪在手，
扔向美丽的春姑娘，
然后就急忙逃走……

这没有难倒春天：
她用雪擦洗了脸蛋，
对手要找她的麻烦，
她却变得更红艳。

1836 年

喷　泉

你看那股活泼的喷泉，
冒着云烟，像一根光柱，
在阳光下迸出闪闪的火花，

又化成一团潮湿的尘雾。
它那道光华直射天宇，
一触及朝夕思慕的高空，
又注定要像火红的灰烬，
重新落到下面的土层。

啊——人间思想的喷泉！
你永不停息，无休无止！
你尽情喷射，摇曳不安——
是受什么神秘的法则驱使？
你多么急切地向天空喷射！……
——噩运的巨掌却变幻莫测，
老把你那股顽强的光流
击成水珠——从高空飞落。

1836 年

[译评] 人是不自由的，却总在渴望自由；人在渴望
自由，却总是不自由的。

耀眼的积雪在山谷发白……

耀眼的积雪在山谷发白——
积雪早已被旭日消融；

春天的野草在山谷发绿——
绿草也会要凋萎无踪。

那群白雪皑皑的山峰，
光辉多少年能不消退？
如今朝霞在那些地方
正播下新鲜娇艳的玫瑰！……

1836 年

大自然不是你们想象的那样……

大自然不是你们想象的那样：
它不是复制品，也不是冷漠的容颜——
它也有灵魂，也有自由的意志，
它也有爱，也有自己的语言……

…………
…………
…………
…………①

---

① 这两节发表时都被审查机关删去，没有保存下来。

你们在树上看见了绿叶和鲜花，
难道园丁能把它粘贴上去？
难道那些母腹中成熟的胎儿
是外部异己力量掌控的结局？

············
············
············
············ ①

他们既没有视觉也没有听觉，
生活在那种漆黑一团的环境，
他们觉得恒星也许不呼吸，
他们认为海浪中没有生命。

他们的心里照不进太阳的光线，
胸中也没有春天盛开的花朵，
见到他们森林也不再谈天，
星光灿烂的夜空也陷于沉默！

雷雨用世人不懂的各种语言
曾经激起林涛和江海的波澜，
可是夜里也不曾和他们对话，
没有作过友好愉快的交谈！

---

① 这两节发表时都被审查机关删去，没有保存下来。

这不是他们的过错：但愿你理解，

他们的心智生来就又哑又聋！

唉——即使母亲亲自来呼叫，

也无法唤醒他们沉睡的心灵！……

1836 年

大地依旧是满目凄凉……

大地依旧是满目凄凉，

空中却闻到了春的气息，

田野的枯草微微摇摆，

云杉的枝条轻轻战栗。

大自然还没有完全醒来，

可是她正在渐渐醒转，

她在睡梦中听到了春天，

情不自禁地露出了笑脸……

心儿啊，心儿，你也没睡醒……

是什么突然让你惊惶？

它爱抚着、亲吻着你的甜梦，

把你的幻想镀得金黄！……

雪堆在融化，闪闪发亮，

蓝天晴朗，热血沸腾……

也许这就是春日的温馨？……

也许这就是女人的爱情？……

1836 年

意大利别墅 ①

远离日常生活的焦虑不安，

用一座小柏树林子把自己护卫——

像极乐世界的幽灵，冥国的幽灵，

    它在吉祥的时辰入睡。

两个世纪以来，或者更久，

它在神奇美妙的幻想中优游，

安睡在自己鲜花盛开的山谷，

    神往于长天的广阔和自由。

这里的天空是如此关爱大地！……

许多夏日和南方温暖的冬季

半睡半醒地掠过原野的上空，

---

① 写于作者与爱尔内斯丁娜·德尔恩伯格在热那亚逗留期间。（爱尔内斯丁娜·德尔恩伯格后来成为作者的第二个妻子。）

没有让自己的翅膀把它触及。

喷泉依旧在花园的角落絮语，

微风依旧游荡在阁楼和顶棚，

燕子飞进屋来，呢喃不断……

它还在睡着，睡在深沉的梦中！……

我们来了……一切是多么安宁，

似乎从来就这样朦胧、肃穆！……

喷泉在低语……整齐的小柏树林

在近边一动不动地盯着窗户。

…………

突然一切骚动：猛一阵战栗

沿着柏树的枝叶传遍树林——

喷泉静默了——有一种奇怪的嘟囔

好像从梦里传出，听不分明。

是什么呀，朋友！是某种邪恶的生物？

那生物——哎呀！——那时它正溜向我们？

那邪恶的生物，带着它暴乱的体温，

正越过宝贵的大门向我们前进？

1837 年 12 月

71

1837 年 1 月 29 日 [①]

是谁射出了致命的铅弹，
将诗人的心脏洞穿？
是谁击碎了上帝的金樽——
像毁坏黏土的杯盘 [②]？
不管在世俗的道理面前
他究竟对还是不对，
天庭的手已经永远给他
烙上了"弑君"的大罪。

黑暗过早地将你吞没，
让你离开了人间，
诗人的幽魂啊，愿你安息，
在光明的天国长眠！……
你的命运伟大又神圣，
不惧流言的扰攘！……
你曾是众神生动的乐器，
热血在脉管中流淌……

你用自己高贵的热血
满足了荣誉的渴望——
你静静地安息，民众的哀伤

---

① 普希金于 1837 年 1 月 29 日因决斗而逝世。本诗是作者对这一事件的反应。他对普希金参加决斗的事并没有称赞，但谴责了对普希金的杀害。
② 把生命比作易打碎的黏土器皿是西方常用的比喻。

像大旗盖在你身上。
让上帝去评断你的仇恨，
他听到你血流的响声……
俄罗斯心灵会将你铭记——
像铭记最初的爱情！……

1837 年

1837 年 12 月 1 日 [①]

好吧，就在这命定的地方，
让我们最后道一声珍重……
告别那珍贵的一切——心儿曾赖以生存，
这一切毁了你一生，在你痛苦的胸中
把你的人生烧成灰烬！……

别了……许多年许多年之后，
你会要激动地想起这地方，
会想起这南国阳光灿烂的海岸，
这儿有不谢的花朵，永恒的辉煌，
迟开的、苍白的玫瑰用它的呼吸
把十二月的空气燃烧得格外芬芳。

1837 年

---

① 本诗也是写给爱尔内斯丁娜·德尔恩伯格的。

这难道是很久以前？
极乐的南国呀……①

这难道是很久以前？极乐的南国呀，
我看到了你，脸对着脸地看到——
你像一尊脱下法衣的天神，
让我这游子看清了你的全貌！……
这难道是很久以前？——虽不是惊喜，
却自然地充满一种全新的感情——
当我伫立在伟大的地中海岸，
神往地倾听它波涛美妙的歌声！

这波涛的歌声正像当年一样，
充满一种和谐美妙的声浪，
当爱神正离开海涛亲切的胸怀，
带着满身的光华浮出海上……②
地中海波浪至今犹似当年——
一样地闪着波光，喧腾汹涌；
蔚蓝的海面依旧是一望无垠，
仿佛能见到圣徒掠过的身影。

可是我……我如今又已经和你分离——

---

① 写于作者自热那亚回国之后。
② 古希腊神话说，爱神阿芙洛狄忒（即罗马神话的维纳斯）诞生于塞浦路斯岛岸边的
海浪。

重新被命运引向北方游荡；
北国彤云密布的灰暗的天穹
重新沉重地压在我的头上……
这里寒风刺骨，冰雪遍地，
高山深谷到处是耀眼的白光——
严寒，这位法力无边的巫神
独自全权统治着这片地方。

可是在远离这风雪王国的异乡，
在那里，在那条遥远的地平线上，
在那金色的、阳光灿烂的南方，
我仍旧远远地望见你啊，海浪！
你粼粼的波光更加美妙动人，
海水更碧蓝，也显得格外清新，
低语的涛声更加和谐悦耳，
响在我耳鼓，传送到我的灵魂！

1837 年 (?)

透着怎样的柔情，
透着热恋的忧郁……[1]

透着怎样的柔情，透着热恋的忧郁，
你凝望着他的目光是热烈而疲惫的目光！
你静静地，一言不发，静得叫人难理解，
　　　　如同被高天的电火灼伤！

由于丰富的情感，由于满怀真诚，
你突然全身战栗，热泪奔流地跪倒，
很快，那无忧无虑的、婴儿一样的美梦
　　　　　就降临到你那柔丝般的睫毛——

你把自己的脑袋俯向他的双手，
他的疼惜和爱抚比母亲还要温柔……
呻吟消失在唇边……呼吸越来越平稳——
　　　　　你的梦境甜蜜又深幽。

而今天……啊——要是你那时能够梦见
是怎样的未来你曾经为我们两人珍惜……
你会像受到刺激，在呻吟中清醒过来，
　　　　　或者转入另一场梦呓。

　　　　　　　　1837 年 (?)

---

[1]　大概是写给爱尔内斯丁娜·德尔恩伯格的。

76

你瞧，西天在猛烈地燃烧……

你瞧，西天在猛烈地燃烧，
晚霞射出火似的光线，
东方的天空却暗淡无光，
铺满阴冷、苍凉的云片！
难道它们是一对仇家？
太阳也不为它们所共有？
或者是太阳横亘在当中，
使它们分离，不能携手？

1838 年

春

不管命运的巨掌有多沉，
谎言又如何折磨着我们，
哪怕皱纹刻在你前额，
心灵早已布满了伤痕；
也不管考验有多么严峻，
哪怕你屈服于它们的困扰——
只要遇到第一缕春风，
你就会为它的吹拂而倾倒！

77

春天啊——她并不认识你们，

她也不知道悲伤和罪恶；

她眼中闪耀着不灭的光辉，

皱纹从不会爬上她前额。

她只是遵循自己的规律，

按时降临到你们中间，

光彩照人，怡然自得，

平心静气，像所有的天仙。

她在大地上播散着鲜花，

像第一个春天那么娇嫩；

过去有没有别的春天——

她可是从来也不想过问：

片片流云在天空飘荡，

那些全都是她的流云；

她没有找到任何迹象，

标志着早已逝去的初春。

玫瑰从不为往事叹息，

夜莺从不为往事歌唱，

曙光女神芬芳的泪珠

也从来不为往事而流淌——

对于必然死亡的恐惧

不会吹拂得落叶飞扬：

绿荫的生命在奔腾泛滥，

如同一片无边的海洋。

私人生活的玩偶和牺牲啊！
快来吧，挣脱感情的欺骗，
精神焕发，毫不迟疑，
投身这大洋的洪波浩瀚！
来吧，快用它轻柔的水流
把你受难的胸膛冲洗，
快和这天国的生之洪流，
哪怕是片刻，融合为一体！

1838 年

白天和黑夜 ①

在精灵出没的神秘的世界，
在这片无名的深渊上面，
撒下了金丝织成的帷幕——
遵照众神崇高的意愿。
白天——这光辉灿烂的帷幕啊！
你能叫万物精神抖擞，

---

① 圣经故事中说，创世之初，到处黑暗。上帝说："要有光。"于是光照亮一切，使万物
显露出来。十九世纪末至二十世纪初的浪漫主义诗歌中，这一形象被反了过来：白昼
的光明被认为是遮住黑夜深渊和浑沌的幕布。

你能够医治伤痛的心灵，
你是人类和诸神的朋友！

白天消逝——黑夜回还；
它从噩运笼罩的世间
撕掉这神赐的美好的帷幕，
将它远远地扔向天边……
深渊对我们现出原形，
黑雾弥漫，触目惊心，
面对深渊失去了屏障——
这就是我们怕黑夜的原因！

1839 年

[译评]　过去我们老说"夜幕"，这里却提供了相反的
深刻体会。

别相信，别相信诗人吧，姑娘……

别相信，别相信诗人吧，姑娘；
别把他称作自己的伙伴——
你应该害怕诗人的爱情，
胜过害怕愤怒的火焰！

你无法用自己年轻的心儿
去理解和掌握诗人的灵魂；
也不能把他那燃烧的烈焰
裹进你轻盈的少女的头巾。

诗人像大自然一样万能，
想掌控自己却毫无办法；
他也许无意中用他的桂冠
烫焦了你那头年轻的鬈发。

那帮不明事理的人们
骂他捧他都白费力气……
他不是噬咬人心的毒蛇，
他只是蜜蜂，在采集花蜜。

诗人的双手洁白无瑕，
不会破坏你珍视的瑰宝，
无意中却能让生命窒息，
把它往九霄云外带跑。

1839 年

我站在涅瓦河上凝望……

我站在涅瓦河上凝望，
凝望那高大的以撒大教堂[①]，
像一个巨人巍然耸立，
圆顶在寒雾中闪着金光。

云朵畏怯地升上高空，
缓缓飘上冬夜的天顶，
上冻的河流泛着白色，
四周是一片死寂的阴冷。

我忧郁地、默默无言地记起
那些阳光灿烂的地方，
热那亚海湾生机蓬勃，
如今在太阳下满目辉煌……

北方啊，身怀妖术的北方！
难道我陷入了邪法的羁绊？
难道我真的被禁锢在你这儿，
困锁在花岗石砌成的河岸？

---

① 以撒大教堂——在彼得堡，1819－1858 年建成，由建筑师蒙费尔兰设计。

啊，我但愿过路的仙子，
在夜晚的雾气中缓缓飞翔，
快把我、快把我带回到那里——
带回到温暖的、温暖的南方！

1844 年 11 月 21 日

哥伦布

献给你，哥伦布，献给你胜利的花冠！
你勇敢地绘成了世界地图的册页，
　　　　　　最终完成了
　　命运所没有完成的事业，
你用神奇的手拉开了大幕，
人所不知的一个新世界，就突然
　　　　从朦胧而广阔的天地
　　　　被你带到了人间。

　　　　人类理智的天才
　　　　与自然的创造能力
　　　　从来就密不可分，
　　　　具有血肉的联系……
　　他的话语是多么珍贵，
　　只要这话语刚吐出嘴唇——

大自然就用一个新世界
来响应他那亲切的声音。

1844 年

大海和悬崖

狂涛激荡，巨浪翻腾，
呼啸、撕扯、拍打、卷扑，
它想要跃向天上的繁星，
冲向坚不可摧的高处……
是地狱还是恶魔的力量？——
在这口滚沸的大锅下边
烧起了冥界的熊熊烈火，
把深渊翻了个锅底儿朝天！

凶暴的巨浪滚滚而来，
海上的波涛接连不断，
狂呼大叫，高嚷低嚎，
一次次扑向海边的岩岸——
悬崖却平静、高傲地屹立，
对海浪的胡闹从不动心，
在宇宙面前是现实的存在，

你多么坚定啊，我们的巨人！

海浪已经被争斗激怒，
正像是迈向决定的一步，
它重新发出一阵阵狂嗥，
向你的花岗石岩岸猛扑。
汹涌的进攻碰上坚石，
水珠四溅，溃败退走，
化作漂满泡沫的浊流，
失去了力量，只能罢手……

高高挺立吧，雄伟的悬崖！
只要再等上一时半刻——
轰鸣的海浪就会要厌烦，
很快就从你的跟前回落……
这恶毒的游戏会使它疲倦，
它会变安静，不闹不嚷，
然后重新躺下来休息——
躺在你巨大的脚跟近旁……

1848 年

我仍旧饱受思念的折磨……^①

我仍旧饱受思念的折磨，
心儿仍旧在为你而倾倒——
在一片模糊不清的回忆中
我还在把你的身影寻找……
你那可爱而难忘的形象
时刻出现在我的眼中，
无法追寻，永恒不变，
就像夜空的一颗明星……

1848 年

给俄罗斯妇女

远离阳光和大自然，
远离艺术和光明，
远离生活和爱情，
你青春的闪光将熄灭，
你生动的感情会麻木，

---

① 为悼念作者的第一个妻子埃列昂诺拉·丘特切娃而作。她死于 1837 年。

梦想将消逝如风……

你过得无声无息：
在这片荒凉的、无名的、
默默无闻的土地——
消失得有如烟云，
消失在阴暗的天空
和秋日无边的雾气……

1848 年或 1849 年

庄严神圣的黑夜升起在天边……

庄严神圣的黑夜升起在天边，
这时快乐的白天，可爱的白天
像金色的帷幕一样被它卷起，
眼前就露出了一道无底深渊。
外部世界如幻影，越离越远……
人就像无家的孤儿，凄凉悲惨，
如今他软弱无力，赤膊条条，
和深不见底的黑洞脸对着脸。

理智没用了，思想也一片虚空——
他只能依靠自己，孤苦伶仃——

他深入自己的灵魂，像沉入潭底，
既没有局限，也没有任何支撑……
如今，一切光明、生动的事物
他都当幻梦，久已消失在身后……
他发现那些祖祖辈辈的传承
全那么幽暗，陌生，琢磨不透。

                                    1848 年或 1849 年、1850 年

畏畏缩缩，满不情愿……

畏畏缩缩，满不情愿，
太阳对田野望上几眼。
云里忽然响起了惊雷，
大地就显得愁眉苦脸。

刮起一股强劲的暖风，
阵雨伴着远处的雷声……
田地本来就一片青翠，
雷雨中更显得郁郁葱葱。

猛然，层层乌云的后面，
掠过了一道蓝色的闪电——
用转瞬即逝的白色火光

给云边嵌上了一条银线。

一阵阵越来越急骤的雨点
把田野上旋舞的沙尘追赶，
雷声轰隆隆滚过天空，
越来越愤怒，越来越大胆。

太阳又一次探出头来，
皱着眉头把田野观看——
受惊的大地惶恐不安，
整个儿沉浸在太阳的光焰。

1849 年 6 月 6 日

就这样，我又见到了这些处所……

就这样，我又见到了这些处所——
毫不令人喜爱，即使是故乡。
在这里我曾经初次感受和思考，
如今在这里，用一种蒙眬的目光，
随着黄昏渐渐消失的余晖，
我的童年正在向我凝望。

啊，已经遗忘的、琢磨不透的幸福！——

你是个虚弱朦胧的、可怜的幻影！

如今我多么缺乏信念和同情，

注视着你——我转瞬即逝的客人，

像注视我早已在襁褓中夭亡的兄弟——

你在我眼里变得多么陌生……

唉，不是这里呀！这荒无人烟的土地，

当年怎么会是我心爱的故乡？——

奇妙的、令人欢欣鼓舞的青春

当年怎么会在这里鲜花怒放？

我曾经赖以生存的珍贵的一切啊——

也不会保藏在这样的一片地方！ [①]

1849 年

寂静的夜晚，夏天快过去……

寂静的夜晚，夏天快过去，

星光像透过一层红雾，

朦胧地照着这片田园，

庄稼在沉沉的睡意中成熟……

无声的田野催人入梦，

---

① 作者的第一个妻子埃列昂诺拉·丘特切娃葬在意大利。这里指的就是这件事。

正如一片金色的海洋，

麦浪翻腾在寂静的夜里，

沉浸在皎洁如银的月光……

1849 年 7 月 23 日

当累人的操劳令我们厌烦……

当累人的操劳令我们厌烦，

生活像石块压在双肩——

突然，天知道会从哪里，

有一股喜气吹进心间，

用往事抚慰我们的心灵，

可怕的重负就顿感轻松。

同样，有时在深秋季节，

当田野空旷，森林落叶，

天空更苍白，山谷更阴沉，

突然有湿润的暖风吹掠，

清扫着落叶，让我们心间

仿佛又感到了美好的春天……

1849 年 9 月 22 日

浩瀚的碧海一望无垠……

浩瀚的碧海一望无垠，
我们行驶在可靠的航程——
海面的金蛇不停跃动，
指引着我们离岸远行。

天上有星光照耀着我们，
脚下的波涛火花闪闪，
海浪带着潮湿的水尘，
把我们浇了个满头满脸。

我们都坐在甲板上面，
许多人已经进入梦乡……
机轮划开喧腾的海浪，
声音更响地传到耳旁……

快乐的人们已经安静，
女人们不再谈话和活动……
洁白的手臂把脑袋支撑，
撑起了多少亲切的幻梦。

映着魔力无边的月色，
美梦在广阔的天地飞腾——
大海正用它轻柔的波浪
发出催人入梦的歌声。

1849 年 11 月 29 日

他多么热爱故乡的云杉……①

他多么热爱故乡的云杉——
长在萨瓦——他亲爱的土地！
它们在他的头上喧哗，
充满一股青春的活力！……
它们庄重而幽暗的树荫
和绿叶粗犷而忧郁的响声
用一种多么甜蜜的思绪——
深深吸引着他的魂灵！……

　　　　　　　　1849 年

我又见到了你的眼睛……

我又见到了你的眼睛——
你的一瞥用南国的热情
突然为北方忧郁的黑夜
驱散了昏昏欲睡的寒冬……
另一片土地——我的故乡——
重新在我的眼前复活，

---

① 这是作者读了拉马丁的《自白》之后的感想。拉马丁（1790~1869）——法国诗人。

像天国复活在子孙眼前——
它早已毁灭于远祖的罪恶……

蔚蓝的空气轻轻吹拂，
月桂的枝条齐齐起舞，
大海的呼吸寂静无声，
为人们赶走夏日的酷暑。
金色的葡萄正在成熟，
一整天晒着火热的太阳。
往事依然像神话般激荡，
余音绕着大理石回廊……

不祥的北方消失不见，
像杂乱丑陋的梦中幻影，
天空又在我头上放光，
如同轻盈、美好的圆顶。
我又用如饥似渴的眼睛
将激动人心的光明吮吸，
透过这清澈纯净的光辉，
我看到了一片神奇的天地。

1849 年

人间的泪泉啊，人间的泪泉……

人间的泪泉啊，人间的泪泉，
你流在清晨啊，流在晚间……
没有人知道也没有人看见，
数也数不清，流也流不完——
你流在阴冷凄清的夜晚，
正像那深秋的愁雨连绵。

                                    1849 年

拿破仑 ①

一

你是革命的儿子，你和你可怕的母亲，
勇敢地投入斗争——那耗尽你精力的斗争……
而你那独断的天才无法将革命掌控！……
这是场白费力气的、胜利无望的斗争！……
于是你将它整个儿纳入了自己的魂灵……

---

① 本组诗中各首写于不同时间。

二

为他服务的是两个魔神，
他身上奇妙地结合着两种力量：
雄鹰翱翔在他的头脑，
毒蛇盘绕在他的胸膛……
灵感展开宽广的双翅，
鹰隼般飞翔得如此大胆，
在最暴烈粗犷的行动中间
又深藏着如此精明的计算。
但这种净化的力量
理智却无法推测，
既不能照亮他的灵魂，
也不能接近他的躯壳……
他不是天火，而是凡火，
他高傲地航行，对波涛非常鄙视——
可是小舟撞上了信仰的暗礁，
裂成了碎片——因为它非常不结实。

三

你傲然挺立——面对着俄罗斯！
满怀斗争的预感，像宣示吉凶的法师。
"俄国的未来已经注定！……"① ——
你亲自说出这决定命运的言辞。

---

① 拿破仑 1812 年 6 月 22 日进军令中有类似的话。

你的咒语并没有落空：
命运响应了你的呼声！……
但你在流放中用新的谜语
反驳了这种不幸的回应……①

岁月流逝——从狭窄的囚牢
你死后终于返回故里，②
回到你热爱的那片河岸，
你动荡不安的灵魂终于永远休息……
可是你睡得不安稳——每晚黯然神伤，
经常坐起，遥望东方，
突然心神不定，像闻到了晨风的气息——
来自黎明之前的远方。

1850 年

诗　歌

当我们置身于雷霆和烈火，
置身于不可压抑的激情，
置身于野性的激烈的争斗，

---

① 拿破仑被囚于圣赫勒拿岛时说："五十年之后欧洲不是被革命统治，就是被哥萨克
统治。"
② 拿破仑遗体于 1840 年运回巴黎。

诗歌飞来了，她来自高空——
目光像碧穹一般明澈，
如天神来抚慰地上的儿女——
她把平息纷争的圣油，
滴进动荡不宁的海里。

1850 年

罗马夜色

蓝色的夜晚，罗马睡得正香，
笼罩在一片冉冉升起的月光，
月亮正以它默默无言的光荣
洒遍这沉睡无人的雄伟的古城……

罗马在月光下睡得多么甜蜜！
这永恒的古迹和明月又多么相似！
似乎那月下的大地和安眠的古城
就是那迷人的世界——却已经消逝！……

1850 年

威尼斯

每年，自由威尼斯的首领
置身于一片蓝色的漪澜，
好像一位未婚的王子，
亲自面对着全体人民，
在庄严隆重的气氛之下
和他的亚德里亚海订婚。①

难怪他要把订婚的戒指
在这片广阔的海域中扔弃：
百姓都感到非常稀奇，
多少年头，多少世纪，
将军奇妙的宝石戒指
对他们有这么巨大的魅力⋯⋯

新人们献身于爱情与和平，
已经积攒了许多光荣——
过了三个或四个世纪，②
雄狮展翅投下的阴影③
变得越来越宽阔而有力，

---

① 十八世纪末以前，威尼斯历届首领每年要和亚德里亚举行订婚仪式，被许多欧洲诗
人和散文家（包括歌德等人）描写和回忆过。
② 威尼斯共和国的繁荣时期是十二至十五世纪。
③ 圣马可是威尼斯的保护神。有翅的鹰是他的标志，威尼斯的城徽上就画着它。

覆盖在整个世界上空。

如今呢?

       在忘川之水的波涛下

又有多少被扔掉的指环? ……

世人一代又接着一代,

而这些被扔下的订婚指环,

成了一节又一节链条,

最后变成沉重的锁链! ……①

              1850 年

宴会结束,停止了欢歌……

宴会结束,停止了欢歌,

酒坛倒空,没剩下一滴,

篮筐掀倒,满地盘匙,

杯中只留有一些余沥,

头上的花冠花瓣儿掉光——

在这间空旷明亮的厅堂

至今还缭绕着缕缕馨香……

散宴了,我们却久久没散——

繁星满天,光辉灿烂,

---

① 1814~1866 年,威尼斯被奥地利统治。

时间早已经到了夜半……

就在这动荡不宁的城市，
就在这宫殿和民居的上空，
在街道涌动的人潮上面，
蒙眬的灯火一片暗红，
就在这不眠的人群头上，
就在这人世的烟尘顶上，
是什么在高高的天宇闪亮？
那是群星——明净而辉煌，
它们以纯净无瑕的光线
在回应凡人眺望的目光……

1850 年

上帝呀，请你把自己的快乐……

上帝呀，请你把自己的快乐
赐给那暑热中踯躅的行人，
他像一个可怜的乞丐，
走过大路和花园的小门；

他偶然瞥见篱笆那边
有浓绿的树荫和青葱的谷地，

还有他无法靠近的清凉——
阳光下草坪是多么茂密。

树木撑开了好客的浓荫，
却不是为了他的到访；
喷泉在高空挂起烟云，
也不是为了让他凉爽。

雾霭中那座模糊的山洞
徒然吸引着他的目光，
喷泉也不会用纤细的水珠
叫他的头脑变得清凉。

上帝呀，把快乐赐给那行人——
他正在生活的小径上踯躅，
像乞丐一样，走过花园，
走在暑热蒸腾的大路。

1850 年 7 月

涅瓦河上

星光又在轻波上跳荡，
跳荡在宽阔的涅瓦河上，

爱情又把它神秘的小船
托付给涅瓦河中的波浪。

头顶星光，脚下涟漪，
小艇好似漂流在梦中，
带着两个隐约的人影，
随着河波向远处航行。

是两个安逸懒散的人儿
在这里度过悠闲的夜晚？
还是一对幸福的身影
正在离开尘世的羁绊？

像海洋一样泛滥的大河呀，
你的波涛是多么壮丽！
请你用自己宽广的胸怀
藏下这只小船的秘密！

1850 年 7 月

[译评]　意境深远，耐人思索。

天空阴沉，刮起大风……

天空阴沉，刮起大风，
江河浑浊，波浪翻腾，
河水蒙上了一层铅色（shǎi）——
透过这惨淡森严的表面，
黄昏用深红、阴暗的光晖
给河水抹上了一道虹彩；

它撒下大片金色的火花，
播下一丛丛燃烧的玫瑰，
被流水带走，消逝不见。
这是火热的狂暴的黄昏
正在这暗蓝的水波上空
把它的花冠揪成碎片……

1850 年 8 月 12 日

睡意沉沉，预感不祥……

睡意沉沉，预感不祥，
半裸的森林陷入忧伤……
夏季的树叶所剩无几，

还挂在枝头轻轻抖动，

已经露出了秋日的金黄。

我怀着深深的感动和同情，

看到从灰暗的云层后面，

沿着斑驳的败叶和树丛

掠过一缕太阳的光线，

就像突如其来的闪电。

这凋落的景物是多么可亲！

在我们眼里又多么美妙——

因为它曾经那么繁荣，

如今又那么虚弱凋零，

在最后一次向我们微笑！……

1850 年 9 月 15 日

致叶·彼·罗斯托普钦娜伯爵夫人 ①
——答来信

正如被埋进懒惰的雪堆，

正如被冬神的妖法笼罩，

---

① 叶夫多基雅·彼得洛夫娜·罗斯托普钦娜（1811~1858）——女诗人。

我陷入一种亡灵的长眠，
陷得很深，却没有死掉！

我感到，就是在我的头上——
又像是醒着，又像在梦中——
似乎吹来了春天的气息，
似乎响起了春日的歌声……

熟悉的歌声啊……奇妙的歌声……
弦琴的铮铮，女人的叹息……
我这个懒汉却没有醒来，
也没有马上应答的能力……

我在懒惰的镣铐下沉睡，
正度过八个月之久的严冬，
睡在命定的冥河的黑夜，
有如那些虔诚的幽灵。

这令人几乎死去的酣眠
虽然沉重地压在我头上，
但它也是万能的法师，
有向我提供救援的力量。

是它勾起了我的回忆，
回忆起往日友情的纯真——
在音乐奇妙的幻影背后，

我听到了一个熟悉的声音……

像透过一层轻烟薄雾，
我看到了神奇的花园和房屋——
在那座孤僻仙女 ① 的城堡中
我俩突然走到了一处！……

就我们俩人！——仙女的歌声
依旧在宝贵的门廊震响，
把那些狂暴的无赖汉赶开，
把那些庸俗的马屁虫阻挡。

1850 年

不论中午炎炎的暑热……

不论中午炎炎的暑热
怎样在敞开的窗口蒸腾，
这座静谧安宁的大厦
一切都那么幽暗无声。

在一片昏黑的暗影中间，

---

① 指罗斯托普钦娜的剧本《孤僻的女郎》，1850 年出版。

飘浮着各种浓烈的香气，
你可以沉浸在黑甜乡中
半睡半醒地好好休息。

花园角上有一座喷泉，
日日夜夜在歌唱不止，
沉沉的暗影听得入迷，
被纤细无形的水珠淋洗。

热恋的诗人深深陶醉，
怀着一股隐秘的激情，
他的幻梦在轻盈地飞翔，
飞翔在闪烁不定的光影。

1850 年

两个声音 ①

一

振奋精神吧，朋友们，勇敢顽强地斗争！
虽然力量悬殊，胜利毫无希望.

---

① 基本思想是两个声音的争论：一个认为斗争没有希望，另一个赞美不屈不挠的斗
争。在卡拉姆辛等人的作品中都出现过这一构思。

你们头上是群星，在高空默默无言，
你们脚下是坟墓——它们也一声不响。

让奥林匹斯的众神在山顶快乐逍遥，
操劳和忧虑不属于他们那永恒的世界，
操劳和忧虑只属于尘世凡人的心灵……
凡人不会有胜利，他们只会有终结。

二

振奋精神，斗争吧，勇敢的朋友们哪！
别管斗争多持久，别管斗争多残酷。
你们头上是一群默默无言的星星，
你们脚下是喑哑的、寂静无声的坟墓。

让奥林匹斯的众神用羡慕的眼光注视，
注视那不屈的心灵斗争得多么艰难。
谁只对命运服输，即使在战斗中倒下，
也能从众神手里夺下胜利的花冠。

1850 年

看哪，在这片宽阔的河面……

看哪，在这片宽阔的河面，
鱼贯的流冰碰撞、挤压，
向着包容一切的海洋——
在解冻的春水中顺流而下。

不论在阳光下闪着虹彩，
还是漂流在漆黑的深宵，
它们都不免会要融化，
流向同样的一个目标。

大小冰块挤靠在一堆，
失去了它们原来的形状，
像泰初一样，彼此难区分，

向着命定的深渊流淌！……
啊，你这诱人思索的话题，
关于人类"小我"的疑问！
这不也就是你的意义？
这不也就是你的命运？

1851 年

新　绿

新生的嫩叶绿里带黄。
瞧吧，白桦林换上了新装，
轻盈的绿荫如同薄雾，
疏疏朗朗，透着阳光……

它们早就在梦想春天，
梦想盛夏的阳光灿烂——
当天空刚显出一片蔚蓝，
这生动的梦想就突然实现……

美丽的新绿啊，你沐浴着阳光，
树下带着新生的荫凉！
从沙沙的响声中就能知道，
虽然这叶片成千上万，
却找不到一点败叶的枯黄。

　　　　　　　1851 年 5 月

海浪与思潮

思潮接着思潮，海浪接着海浪——
同样属于自然，化为两种现象：
一个在狭小的心里，一个在无边的海中，
一个遭受禁锢，一个来去从容，
同是一股潮流，永远潮来潮去，
同是空虚的幻影，令人惊惶忧虑！

1851 年 7 月 14 日

[译评]　作者对心潮和海潮异同的体会，必然引起读者的深沉思索。

暑热的天气还没有变凉……

暑热的天气还没有变凉，
七月之夜就悄悄地出现……
彤云布满了整个天空，
孕育着一场风暴雷霆，
万物在电火中忽明忽暗……

就像有一双沉重的眼皮

在朝着大地时开时合，

透过游走不定的闪电，

不知是谁人威严的目光

不断射出熊熊的烈火……

1851 年 7 月 14 日

离别有特别崇高的意蕴……①

离别有特别崇高的意蕴，

不论是相爱一日或一生，

爱情是梦，而梦总是一瞬，

或迟或早必定会清醒，

最后总会要醒来啊——人！……

1851 年 8 月 6 日

白昼消亡，暮色茫茫……

白昼消亡，暮色茫茫，

山岗的黑影越拖越长，

---

① 这是写给他的第二任妻子爱尔内斯丁娜·费奥多罗夫娜·丘特切娃的。

天上熄灭了火红的云彩……
已是迟暮。白昼快消亡。

可是我不怕黑暗的夜晚，
也不因逝去的白天而惋惜——
我的美丽迷人的幻影啊，
只要你不会把我抛弃！……

愿你用翅膀将我覆盖，
给我激动的心儿以慰安，
对于我如痴似醉的灵魂，
黑夜也变得幸福而美满。

你是谁？来自什么地方？
是天上还是人间的幻象？
也许你是位天国的居民，
热情的心却和女性一样！

1851 年 11 月 1 日

夏日的雷雨是多么快活……

夏日的雷雨是多么快活——
风暴扬起满天的尘土，

蓝天被搅得浑浊不堪，

地暗天昏，乱云飞舞；

冒失的风雷神志不清，

突然扑向森林的上空，

阔叶的密林整个在发抖，

到处是树叶哗哗的响声！……

就像被踏上了无形的一脚，

高大的树木纷纷弯倒；

树梢惊恐地发出嘟哝，

似乎在彼此进行商讨——

透过这突如其来的惊慌，

却听见鸟儿不停地鸣啭，

第一片黄叶，在某个地方，

正打着旋儿飘落到路面……

1851 年

仁慈的上帝难怪会要……①

仁慈的上帝难怪会要

创造出惊慌害怕的小鸟——

---

① 这是写给他的一个女儿的。

115

这鸟儿一定会有人救它，
因为它是这样的胆小。

但是和人类家庭的接触
对可怜的小鸟儿毫无好处……
离人越近，它越要倒霉——
在他们那儿会遭到劫数……

有一个女孩儿养了只小鸟，
鸟儿在窝里刚长羽毛，
她就来养它，可是不疼爱，
从来也不去为它操劳。

姑娘呀，如果有这么一天，
不论你怎样爱抚和焦虑，
由于你曾对它漫不经心，
这鸟儿必然会要死去——
难道你心里就过意得去？……

1851 年

宿　命

爱情啊，爱情——老辈子常说——
这是心灵和心灵的结合——
这是它们的交汇、贯通，
是命中注定的水乳交融，
也是……不幸决斗的结果……

这是场力量不均的斗争，
哪颗心更加充满柔情，
它就必然会更加忠诚，
它爱得难过、麻木、伤心，
最终的痛苦就格外深沉……

1851 年

你曾经怀着爱情向它祈祷……

你曾经怀着爱情向它祈祷，
把它像圣物藏在心中，
命运却将它交给世人去议论，
让它遭受侮辱和欺凌。

人群闯进来，人群破门而入，

冲进你那座心灵的圣殿，

触犯了你的秘密，使你难堪，

他们还侮辱了你的受难。

啊——但愿心灵有活泼的双翅，

能够翱翔在人群上空，

让它从无休无止的流言中获救，

制止俗世暴力的横行！

1851 年或 1852 年

我熟悉这样的一双眼睛！……①

我熟悉这样的一双眼睛！

天知道我对它多么迷恋！

它像热烈而神奇的夜色，

叫我的心儿难逃羁绊。

它那难以理解的视线

将生活袒露在我的面前，

---

① 大概是写给叶莲娜·亚历山德罗夫娜·杰尼西耶娃的。他们 1850 年相识，关系保持 14 年（至 1864 年杰尼西耶娃去世），并育有一女。作者写给杰尼西耶娃的许多作品被称为"杰尼西耶娃组诗"，是他爱情诗的重要组成部分。

是怎样一种痛苦的呻吟啊，
是怎样一个热情的深渊！

透过她睫毛浓密的暗影，
这深邃的目光是多么忧郁，
像苦难一样命定难移，
像享乐一样疲惫乏力。

有多少这样美妙的时刻：
每当我见到这对明眸，
我总是止不住满怀激动啊，
我总是禁不住热泪奔流！

1852 年

我的海浪呀……

*像海浪一样动荡不息……*①

我的海浪呀，我的海浪，
你是多么地任性、放肆！
不论是安静还是喧腾，

———————

① 原为法文。

你充满多么神奇的活力！

有时你映着广阔的天空，
在阳光下露出灿烂的笑容，
有时又掀起滔天的巨浪，
让荒野的深海不得安宁——

你轻轻的低语是多么甜蜜，
饱含着一片温柔的情意；
我理解你发出预兆的呻吟，
那粗犷的抱怨又多么清晰。

在野性的、狂暴的大自然中，
不管是阴暗还是晴明，
但愿你在这蔚蓝的夜晚，
把我的贡品保藏在胸中。

那不是定情的礼物——戒指——
我曾经把它扔进海浪，
也不是五彩缤纷的宝石，
我把它在你的波涛中埋葬。

那是在劫数难逃的时刻，
当你的魅力使我出神，
我把心儿葬进了海底啊——
那是我鲜活鲜活的灵魂！

1852 年 4 月

悼念茹科夫斯基 ①

一

我见到了你的黄昏。它美好动人！

当我最后一次向你说再见，

我欣赏着你的晚景；它宁静而鲜明，

始终渗透着一种温暖的情感……

啊——诗人！你那抹落日的余晖

是多么暖人，多么辉煌灿烂……

紧接着，第一批明亮的星星

又已在夜晚的天空显现……

二

他身上没有虚伪和人格的分裂，

他能够调和一切，包容一切。

他曾经为我读过《奥德赛》的篇章，

带着怎样的厚意，怎样的亲切……②

啊——我那些童稚时期的往事！

像鲜花一样开放，五彩斑斓……

---

① 瓦西里·安德列耶维奇·茹科夫斯基（1783~1852）——俄罗斯诗人，普希金的前
驱者之一。

② 茹科夫斯基和作者的父亲熟识，曾来他家做客，并曾向年幼的作者读过他本人翻译
的古希腊史诗《奥德赛》（一译《奥德修纪》）。

群星曾经把神秘、朦胧的光线
洒遍了我的幸福而绚丽的童年……

三

他的性情像鸽子般完美纯真；
尽管对蛇一样艰险狡诈的恶人
他从不忽视，也了解他们的伎俩，
但他还是像鸽子一样单纯。
这种纯真的精神哺育他成长，
使他坚强，把他整个儿照亮。
他的灵魂达到了和谐的高度：
他和谐地生活，和谐地放声歌唱……

四

这高度的和谐浸透了他的灵魂，
塑造他一生，响彻了他的弦琴，
他把这和谐留给了不安的世界，
作为他最好的成果和最大的功勋……
世人对他是否能理解和评价？
又是否有接受这神圣委托的能力？
可别让诸神这样议论我们：
"只有良心纯净才能见上帝！" [①]

1852 年 6 月末

[①] 见《新约全书·马太福音》第 5 章第 8 节。

阳光照耀，水波粼粼……

阳光照耀，水波粼粼，
到处是微笑和生命的象征，
绿树快活地迎风颤抖，
枝叶伸展在蔚蓝的天空。

绿树在歌唱，江河在闪光，
空气中洋溢着爱的情意，
世界——这欣欣向荣的自然，
陶醉于过剩的生之精力。

当它在蓬勃的生机中陶醉，
没有什么更强烈的表情
比得上那一丝动人的笑靥——
它发自你受苦受难的心灵……

1852 年 7 月 28 日

严冬这白发魔神……

严冬这白发魔神
用妖法把森林封闭——

在冰雪的流苏下面，
森林僵立无声，
闪烁着神奇的活力。

它被这魔神困住——
僵立着不死也不活——
为奇妙的梦境着迷，
被轻盈而蓬松的链条
整个儿缠绕，困锁……

可是当冬天的阳光
斜斜地照它一下——
它虽然一颤也没颤，
却突然到处放光，
出落得容光焕发。

1852 年 12 月 31 日

最后的爱情

啊——在我们迟暮的年龄，
我们爱得更温柔而虔诚……
照耀吧，照耀吧，黄昏的霞彩，
这临别的光辉啊——最后的爱情！

昏暗笼罩了半个天空，

西天只剩下金光一抹——

等等吧，等等吧，迟暮的霞光啊，

停一停，停一停呀，迷人的烈火。

哪怕血管的热血快枯干，

内心的柔情却始终激荡……

啊——你呀，我最后的爱情！

你既令人幸福，又令人绝望。

1852 — 1854 年

涅曼河

这是你吗，雄伟的涅曼？

我眼前是你的流水奔腾？——

多年来，肩负着崇高的荣誉，

你担当了俄罗斯忠实的哨兵！……

只有一回，按上帝的旨意，

你把敌人放进了门槛 ①——

用这种方法巩固了俄罗斯，

---

① 1812 年 6 月 12 日拿破仑的军队渡过了涅曼河。

保卫她完整，直到永远……

你是否记得过去呀，涅曼？
在劫难当头的年代，有一天，
是他——那强有力的南方的魔鬼，[①]
就是他站到了你的岸边。
你在敌人的桥下奔流，
哗哗向前，像今天一样，
而他用一种奇特的目光，
向你汹涌的波涛凝望！

他的队伍胜利地前进，
一面面旗帜快乐地飘扬，
刺刀在阳光下冒着火星，
大炮隆隆地拉过桥梁——
他似乎翱翔在一切的上空，
翱翔在高处，像一位神灵，
调动着一切，监视着一切，
用他那双奇特的眼睛……

只有一个人他没有发现……
没看到那位神奇的统帅，
他没有看见在敌对的一方
有另外一个人——这人在等待……
大军在他的旁边行进，

---

① 拿破仑生于法国南部的科西嘉岛。

战士们个个神情严峻，

有一只无法躲避的铁拳

却给他们烙下了自己的烙印……

队伍胜利地走向前方，

一面面旗帜高傲地飘扬，

刺刀像电火一样闪烁，

咚咚的战鼓响彻四方……

他们的人数难以数清，

他们的队伍无穷无尽——

可是只有十来颗头颅

逃脱了这个致命的烙印……

1853 年 9 月初

1854 年夏天

多美的夏天啊，多好的夏天！

简直像魔法师给施了法术——

我要问，这一切是怎么来的？

难道它不知来自何处？……

我用惶惑不安的眼睛

注视这辉煌华丽的光明……

莫非是有谁把我们嘲弄?
是谁在对我们如此欢迎? ……

唉——那少女的眉眼和唇边
不就是露出这样的笑颜?
它已经不能使老年人迷恋,
只能叫我们感到难堪! ……

1854 年 8 月

炽热的火焰冒着红光……

炽热的火焰冒着红光,
喷散的火星四处飞扬,
可是在那条小河的对岸,
幽静的花园一片阴凉。
这里是幽暗,那里是热腾,
我像梦游在这片暗夜——
可是我感到你在我身边,
我的心中就有了一切。

轻烟缕缕,爆裂声声,
烟囱光秃秃立在空中,
无人打破这四周的宁静,

只有树叶沙沙的响声。
绿荫的气息吹遍我身心，
我贪婪地倾听你热情的话语……
感谢上帝，我像在天堂——
只要能这样和你在一起。

1855 年 7 月 10 日

从海洋直到海洋……

从海洋直到海洋，
拉过去一条铁线，[①]
多少荣耀和悲伤，
它常常向我们叨念。

路人在向它注视：
也许有那么一天，
那预报凶兆的鸟儿
又蹲在这电线上边。

林间草地的乌鸦
飞落到这条线上，

[①] 指电报线。

呱呱地大叫一声，

快活地扇动翅膀。

它欢天喜地地大叫，

盘旋在电线上空：

难道这乌鸦闻到了

塞瓦斯托波尔的血腥？ ①

1855 年 8 月 13 日

1856 年

我们盲目地站在命运面前，

不能把遮蔽着它的厚幕撕下……

我无法对你敞开自己的心扉，

只能说一些精神预言的胡话……

我们离目标仍旧非常遥远，

风暴在肆虐，风暴越来越喧腾——

你瞧，在这个铁打的摇篮里面，

新的一年又在雷声中诞生……

---

① 塞瓦斯托波尔保卫战是十九世纪俄土（土耳其）克里米亚之战的最后一战，塞瓦斯托波尔于 1855 年 11 月 9 日被土耳其军队占领。诗中提到的是保卫战的最后那段日子。

新年的面貌特别森严可怕，
鲜血满头满脸，也沾满双手……
但是它带给我们世人的东西
不光是战争——让人惊慌发抖。

新年不光是一个普通战士，
它也是执行上帝惩罚的工具——
它如同一个最后的复仇之神，
一定会完成筹谋已久的打击……

它来到人间是为了战斗和镇压，
它随身有两把利器尽情挥舞：
一把是战斗中鲜血淋漓的宝刀，
一把是刽子手用以行刑的利斧。

给谁准备的？……只为了被砍的脑袋？
还是命中注定给全体人民？……
预告噩运的语言听不清楚，
同样模糊的是人们死后的呻吟……

1855 年 12 月 31 日

生活中有这样一些时刻……

生活中有这样一些时刻——
　　描述它很不容易，
那是些令人忘情的瞬间，
　　是尘世难得的福气。
绿荫发出沙沙的声音，
　　在我的头上响起，
和我谈天的只有些飞鸟——
　　说着它唧喳的鸟语。
所有庸俗、虚伪的东西
　　全都远离我身边，
无法想象的可爱的一切
　　都近在我的眼前。
我感到爱意，我感到甜蜜，
　　我心里是整个世界，
美梦陶醉了我的身心——
　　时间呀，快停下歇歇！

　　　　　　　　　　1855 年

致尼·费·谢尔比纳 ①

你那执著痴迷的梦想，
我完全理解它的意义，
理解你的奋斗和追求，
理解你面对美的理想
所付出的呕心沥血的努力……

你这个古希腊文明的囚徒，
身处荒原也沉迷不醒，
在美梦中叨念着金色的自由，
念念不忘于希腊的天空——
当粗野的风雪正呼啸在头顶。

1857 年 2 月 4 日

他美好的白昼
已经在西天消逝……②

他美好的白昼已经在西天消逝，
不朽的晚霞笼罩了半个天空，

---

① 尼古拉·费奥多罗维奇·谢尔比纳（1821~1869）——俄罗斯诗人。其作品中大量
使用了古代的题材。
② 为纪念茹科夫斯基逝世五周年而作。

可是他仍旧在远天向我们凝望——
如同午夜预言命运的星星。

1857 年 4 月 11 日

在这沉睡不醒的、
蒙昧的人群头上……

在这沉睡不醒的、
蒙昧的人群头上，
自由呀，你何时升起，
闪耀你金色的光芒？

这光辉唤醒世人，
将睡梦和迷雾驱走……
可是那腐烂的旧伤，
那暴力和凌辱的伤口，

灵魂的空虚、堕落，
心智的烦闷和苦恼，
有谁来遮盖和治疗？……
是你吗，基督的圣袍？……

1857 年 8 月 15 日

初秋有这样一段时光……

初秋有这样一段时光，
虽然短暂，却奇妙非常——
白天像水晶一样透亮，
晚霞如火，灿烂辉煌……

镰刀飞舞的大片麦田
如今已经是到处空旷，
只见一根根纤细的蛛丝
在闲置的地头闪闪发亮。

天朗气清，听不见鸟鸣，
节令还没到风暴的严冬——
在这片农闲的田野上面
流泻着明净、晴和的碧空……

1857 年 8 月 22 日

你瞧，树林是多么青翠……

你瞧，树林是多么青翠，
笼罩在火热的骄阳和酷暑，

林里所有的叶片和枝条
全都向我们送来了爱抚！

进来吧，快坐在树根上边，
紧靠着灌溉树木的山泉——
泉水在树影的暗处流淌，
寂静中汩汩地细语轻谈。

头上的枝叶昏昏梦呓，
四周蒸腾着正午的暑气，
偶尔能听见鹰隼的叫声，
来自远处高高的天际……

1857 年 8 月

常常会有这样的时刻……

常常会有这样的时刻，
当胸中沉重又疲累，
心儿也感到苦恼不堪，
前头是一团漆黑；

动一动也觉得没有力气，
是如此抑郁不安，

甚至面对友人的安慰
也无法露出笑颜——

突然一缕亲切的阳光
溜进我们的窗框，
把它那火一般明亮的光流
喷射在四周的墙上；

从那片厚意垂青的天宇，
从蔚蓝无际的高空，
有一股洁净芳香的气流
吹进我们的窗中……

它们并没有给我们带来
任何忠告和教训，
也没有力图拯救我们
脱离毁谤的命运。

我们却感到了它们的力量，
听到了它们的天音，
我们就不再是那样苦闷，
呼吸就变得轻松……

百倍地美好，百倍地可爱，
百倍地明朗和轻快，

对于我这颗心儿说来——
那就是你的爱。

1858 年

她在地板上边坐着……

她在地板上边坐着，
清理一大堆往日的书信，
拿在手里，又扔到一边，
就像是一堆冷却的灰烬。

她拿着那些熟悉的信纸，
表情奇妙地注视着它们，
就像灵魂从高高的天宇
望着被自己扔掉的凡身……

啊——这里有多少往事呀，
有多少一去不返的时刻！
多少心灵的痛苦悲伤，
多少逝去的爱情和欢乐！……

我默默地在她旁边站着，
很想在她的面前跪倒——

似乎真有个可爱的幽灵，

我为它极度伤心和苦恼。

1858 年

正是晚秋天气……

正是晚秋天气，

我爱这皇村花园，

它裹着无声的薄雾，

好像在静静地安眠，

一群白翅的幻影①

停息在昏朦的湖面，

四周静谧安宁，

笼罩着雾霭的昏暗……

在叶卡捷琳娜皇宫，

石阶一片紫红，

被十月早到的黄昏

涂抹得暗影朦胧——

花园像丛林般幽黑，

星光下，透过暗影，

---

① 指天鹅。

139

像往日荣耀的回光，

闪现着寺院的金顶……

1858 年 10 月 22 日

归　途

一

愁人的景物，愁人的时光——

长路催我们奔向远方……

你瞧，像墓地的幽灵一样，

月牙儿升起，用雾中的微光

照在这荒无人烟的地方……

　　不能泄气啊——前路茫茫……

啊——就是在同样的时光，

在我们已经离去的地方，

同样的月牙儿，却生机勃勃，

正激起莱蒙湖水的波光……①

奇妙的景物啊，奇妙的地方……

　　不要回忆吧——前路茫茫……

二

故乡的景色啊……大块的雪云

　　灰濛濛压在头顶，

四望苍茫——沉郁的远林

　　裹着秋雾的阴冷……

草木萧疏，荒凉空旷，

　　到处单调无声……

偶尔有一些发亮的斑点，

　　是死水覆盖着早冰。

没有声音、色彩和运动——

　　生命离开了机体——

听从命运，疲惫又昏迷，

　　人只能梦见自己。

目光像日色一样灰暗，

　　他不信见过的山川，

虽然那里有碧蓝的湖水，

　　映照着多彩的群山……

1859 年 10 月末

给叶·尼·安年科娃

即使是我们的日常生活
也会有虹彩绚丽的梦境，
它会突然吧我们吸引，
引向未知的神奇的世界——
如此陌生，又如此真诚。

我们看见：从蔚蓝的高空
天国的光明把我们照亮，
我们见到了另一个大自然，
没有日出也没有日落——
那里照耀着另一个太阳……

一切更美，更辽阔、光明，
如此远离我们的世界……
和尘世的一切是如此不同，
在纯净的、红光如火的太空
心灵感到轻松又亲切。

当我们醒来——幻象消失，
消失得什么也无法阻挡，
生活像灰暗呆滞的幽灵，
重新把我们大家抓住，
关进命中注定的牢房。

但有个难以捉摸的声音，
久久地在我们上空萦绕——
在我们苦闷的心灵面前
还是那道迷人的目光，
还是那丝梦中的微笑。

1859 年

十二月的早晨

月亮仍旧悬挂在天空——
黑暗未退，夜色正浓，
它笼罩四周，还没有察觉
那跃跃欲动的白日的光明。

曙光一丝一丝地出现，
显得十分胆怯而慵倦，
天空见不到多少光明，
整个儿还在被黑夜霸占。

可是过不了两三个瞬间，
大地的夜色就消逝如烟，
白天一霎时光辉灿烂，
突然降临到我们人间……

1859 年 12 月

虽然我把窝建在山谷……

虽然我把窝建在山谷，
可是有时也有一种感觉：
山顶吹拂着一股气流，
是那么令人心情愉悦！——
我们心慕高贵的天神，
渴望冲出浑浊的浓云，
心儿多么想甩开这一切，
摆脱令人窒息的红尘！

向那些不可企及的高峰，
我久久地、久久地举头凝望——
那里有清露和阵阵轻寒
沙沙地淋洒在我们头上！
突然，山顶纯洁的白雪
放射出火焰一般的光明：
这是一群天使的脚步
无声地飘过积雪的顶峰……

1861 年

为彼得·安德烈耶维奇·
维亚泽姆斯基公爵庆典而作 [①]

缪斯有各种各样的癖好，
她给人礼物并不公平；
她比幸福更神奇百倍，
可是和幸福一样任性。

她宠爱某些人只是在黎明，
亲吻着他们青春的鬈发，
只要微风的温度一回升，
就把他从最初的美梦中扔下。

在小河旁边，在偏僻的草地，
有时她出乎意料地降临，
用偶然的微笑使人高兴，
乍然一见就再也不登门！

您的命运却与众不同：
您年纪轻轻就吉星高照，
她心里深深地爱上了您，
经年累月地把您关照。

---

① 为纪念维亚泽姆斯基文学活动五十周年而作。维亚泽姆斯基（1792~1878）——俄
国诗人。

她并非在自己空闲的时候
顺便给您一点儿关心，
她爱护您，珍重您，培育您的天才，
她的爱一年比一年更温存。

正如葡萄藤珍贵的汁液，
一年比一年更鲜红、浓烈——
灵感越来越炽热、鲜明，
向您的高脚酒杯倾泻。

您光荣的酒樽醇香四溢，
从不曾如此千里流芳，
公爵呀，让我们为诗歌女神
高举泡沫喧腾的酒浆！

她保护了我们的祖国语言，
那是我们心灵的圣地，
愿她使语言自由发展，
完成她这项伟大的功绩！

然后大家在肃穆的气氛下
献上我们神圣的供品，
我们要敬献美酒三杯，
给三位难忘的先人畅饮。

呼唤他们却没有回应，
可是在您的吉日良辰，
谁能不感到他们的存在？——
茹科夫斯基、普希金和卡拉姆辛！……

我们相信，这几位贵宾
离开高峰，不露形迹，
正关怀地降临到我们中间，
光辉照亮了我们的筵席。

继他们之后，以诗神的名义，
让我们为您高举琼浆，
愿美酒在晶莹明净的杯里
久久翻腾着闪烁的火光！……

1861年2月底~3月初

我是在那时认识她的……

我是在那时认识她的——
还是听神话故事的年纪——
当童年时代的那颗星星
遇到清晨的第一道微光
即将在蔚蓝的天空消失……

那时她显得如此可爱，

那时她显得格外清新，

笼罩在黎明之前的幽暗，

像一滴滚落在花上的露水，

既没人看见，也没有声音……

那时她的整个生命

没沾染一点凡间的俗气，

是如此完美，如此纯真，

让人感到，即使她走了，

也像是星星隐没在天际。

1861 年 3 月 27 日

致彼·安·维亚泽姆斯基公爵 ①

如今并不像半年之前，

如今来参加您隆重的典礼 ②

已经不是一小批友人——

而是伟大的大自然自己……

_____

① 为维亚泽姆斯基生日而作。
② 指维亚泽姆斯基的生日庆祝活动。

您瞧，以多么广阔的规模，
她摆下了这场欢庆的筵席——
整个河岸，整个海洋，
整个夏日的神奇天地……

您瞧，这壮丽辉煌的日子，
迈上了台阶的最上面一层，
正在向自己的诗人告别，
它周身洒满灿烂的光明……

喷泉汩汩地轻声喷射，
花园里一片梦似的凉爽——
您头上那庆祝节日的声音，
是彼得的椴树沙沙作响……

1861 年 7 月 12 日

尽情活跃吧，趁你的头上……

尽情活跃吧，趁你的头上
依旧是万里无云的碧空；
和人们抗争吧，和命运抗争吧，
你命中注定要终生奋斗，

你有着渴望风暴的心灵。

我常被忧郁的幻想折磨，
而当我向你凝神注视，
泪水就模糊了我的眼睛……
为什么？我们有哪一点相似呀？
你走向生活——而我正离去。

我听见刚刚醒转的白天
在讲它清晨的美梦有多甜……
可是那随之而来的雷雨，
那激情的爆发，激情的眼泪——
这一切都已经与我无关！

也许，在烈日炎炎的夏天，
你也会想起自己的春日……
但愿你记起这一段时光，
像记起叫我们不安的幻梦——
它已在黎明前被我们忘记。

1861 年 7 月 25 日

大自然把先知一样天生的本能
赋予了某些特殊的人物……①

大自然把先知一样天生的本能

赋予了某些特殊的人物——

他们用它来嗅、听，寻找水源，

即使在黑暗的地层深处……

你是大自然母亲宠爱的儿男，

这命运令人百倍地羡慕——

你曾经多次在可见的外壳下边

看到了自然的本来面目……

　　　　　　　　　1862 年 4 月

"夏天里会有这样的时候……"

夏天里会有这样的时候，

突然有小鸟飞进房中，

带来了光明，带来了活力，

---

① 本诗是写给费特的。阿法纳西·阿法纳西耶维奇·费特（1820~1892）——俄国
诗人。

将一切照亮，将一切唤醒；

它把丰富多彩的世界
带到我们这偏僻的角落——
带来了绿荫和活泼的流泉，
还有长天蔚蓝的美色——

她也是这样把我们拜访，[①]
像一个转眼即逝的客人，
来到这古板、憋闷的世界，
要从睡梦中唤醒我们。

她的出现使生活加温，
变得更活跃，更精神焕发；
甚至连彼得堡这里的夏天
也几乎被她的光辉所熔化。

她来了，老头儿也显得年轻，
精于世故的变成了学童，
周围复杂的外交、人事
她随心所欲地玩弄在掌中。[②]

我们的房子像恢复了生命，

---

① 指外交国务大臣戈尔恰科夫公爵的甥女。
② 这两行暗指戈尔恰科夫对她的迷恋。

高兴有这样的房客落脚，
电报机无休无止的滴答声
也不再那么把我们打扰。

这魅力没停留多少时间，
它不可能在我们这里止息，
我们又只好和它分离——
却久久地、久久地不能忘记：

忘不了意外的可爱的印象，
粉红色脸蛋上那对酒窝，
端正的身材，爱娇的动作，
优美的体态让你着魔，

幸福的欢笑，响亮的声音，
狡黠的光芒在眼中闪耀，
还有那长长的、细细的发丝，
仙女的指头也刚刚能够着。

1863 年

致克罗尔 ①

九月的寒风遍地狂号，
枝头飘落枯黄的叶片，
白天像余火还在冒烟，
夜晚又降临，雾气弥漫。

满眼惨淡，苍白又阴冷，
满心忧郁，难以言传，
这时不知有谁的歌声
突然响起在我的耳边……

像受了某种魔力的作用，
满天的阴霾烟消云散，
天穹又变得一片蔚蓝，
重新洒满了太阳的光线……

万物返青，心情舒畅，
四周重又是满目春光……
这幻象出现在我的梦中啊——
当你的小鸟儿在对我歌唱！

1863 年

---

① 尼古拉·伊万诺维奇·克罗尔（1823~1871）——诗人，剧作家。

北风停了……日内瓦湖中
碧浪跳得更轻更均匀……①

北风停了……日内瓦湖中
碧浪跳得更轻更均匀——
小船重新划行在水面，
天鹅的双掌又荡起波纹。

太阳烤得像长夏一样，
斑驳的树木闪闪发亮，
为了抚爱这衰败的辉煌，
空中吹送着温柔的气浪。

远处的山上宁静又庄严，
一大清早就散尽了云烟，
白山上一片光辉灿烂，
像上天的启示照亮心田。

在这里本可以忘掉一切，
也可以忘掉自己的痛苦——
如果不是有一座坟茔
葬在那片亲爱的故土……②

1864 年 10 月 11 日

————————

① 写于日内瓦。
② 指杰尼西耶娃的坟墓。她葬在彼得堡。

啊，这片南国！
啊，这座尼斯城呀！……①

啊，这片南国！啊，这座尼斯城呀！……
你们的辉煌让我震惊不已！
生活像一只枪弹打伤的鸟儿，
想要高飞——却又没法儿飞起……
既不能飞翔，也不能伸翅扑腾，
两条折断的翅膀垂向地面，
紧贴泥土，全身沾满了灰尘，
由于痛苦和软弱而不停抖颤……

           1864 年 11 月 21 日 ~12 月 13 日

她整天躺着，昏迷不醒……②

她整天躺着，昏迷不醒，
暗影遮住了她的全身。
夏季的暖雨不停淋洒，
在枝叶间发出快乐的声音。

————————

① 本诗反映出杰尼西耶娃死后作者的心情。
② 本诗是回忆杰尼西耶娃生前最后的日子。

156

于是她慢慢地苏醒过来，
开始倾听这雨流的声响，
她久久地听着——听得入迷，
恢复理智，沉入冥想……

这时，就像是自言自语，
她意识清醒地开始说话，
我半死不活地在身边，听她说：
"瞧我这一辈子——是怎么爱的啦！"

…………
是呀，你爱过，像你这样爱，
谁又能做到？——不管是谁！
上帝呀！……熬过了所有这一切……
心儿怎么还没有粉碎？……

1864 年

夜晚的海洋啊，你多么美丽……

夜晚的海洋啊，你多么美丽——
幽暗中显露出波光明晰……
月下的大海充满生机，

在闪闪发光，在奔腾，呼吸……

这里是无边的、自由的领域，
只有流光、浪涌和轰鸣……
真美呀，这荒寂无人的夜晚——
你披着一片朦胧的月明！

浩瀚的波涛，大海的波涛啊，
你为谁如此兴高采烈？
巨浪奔涌，闪烁，喧腾，
星星的眼波从高天倾泻。

面对这动荡不宁的光影，
我宛如入梦，意乱神呆——
我多想听从你的召唤，
全身心投入你广阔的胸怀……

1865 年 1 月 2 日

由于没有得到上天的认同……

由于没有得到上天的认同，
不管如何由于爱情而受难——
心灵最终还是赢不来幸福呀，

只能让自己落得饱尝忧患……

心灵啊心灵，你曾经一心一意，
只知把自己献给珍贵的爱情，
你只是为它而存在，为它而痛苦，
但愿上帝赐福于你啊，心灵！

上帝是多么仁慈，他无所不能，
光明普照大地，辉煌无比，
温暖着地上万紫千红的鲜花，
也温暖着洁白的珍珠——虽然在海底。

1865 年 1 月 12 日

在我积满了深沉苦难的人生……①

在我积满了深沉苦难的人生，
有一些时日显得格外可怕……
它们那沉重的压迫和致命的负担
连我的诗歌也无法承受和表达。

突然一切静止。眼泪和感动

---

① 为回忆杰尼西耶娃而作。

无人能理解，一切黑暗又虚空，
往事不像轻灵飘舞的幻影，
却像是尸体，早已葬入坟中。

唉！——在人间只有清晰的现实，
却已经失去爱情和太阳的光亮，
还是同样的世界，冷酷又无情，
可是不知道有她，早把她遗忘！

我孤单一人，呆呆地满怀愁绪，
无法意识到自己还在人间——
像一艘残破的小船，被狂风巨浪
扔到了无名的、荒野偏僻的岸边。

上帝呀，请你赐给我揪心的痛苦，
把我心头麻木的阴霾驱散：
你收走了她，请留下那回忆的痛苦啊，
这剧烈的痛苦饱含我对她的思念——

思念她，思念她不顾胜利无望，
始终坚持将斗争进行到底，
她爱得如此炽烈，如此激情，
不畏人言，也不受命运的驱使——

思念她，思念她不曾被命运战胜，
虽然想战胜命运也没有可能，

思念她，思念她将自己整个的生命
都献给了苦难、祈祷、信仰和爱情。

1865 年 3 月末

大海的波涛里有一种歌吟……

岸边的芦苇丛中有一种和谐的
音乐。①

大海的波涛里有一种歌吟，
扰攘的自然界有一种和声，
当芦苇迎风沙沙地起伏，
和谐的音乐就流淌不停。

万物都有平稳的秩序，
大自然处处是和谐的天籁——
只有我们虚幻的自由
把人和天地的和谐破坏。

这"不和"来自什么地方？
为什么当万物同声合唱，

---

① 原为拉丁文。

心灵却不像大海般高歌，

或低语——和沉思的芦苇一样？

1865 年 5 月 11 日

给我的朋友波隆斯基 ①

听到你亲切的问候却闪不出活跃的火星——

我心里是深沉的黑夜，再也见不到黎明……

行将熄灭的篝火只有些余烟冒出，

很快也还会要飘走——隐没在昏暗的夜空。

1865 年 5 月 30 日

东方不说话，满腹狐疑……

东方不说话，满腹狐疑，

到处沉静，气氛敏感……

这是睡着了还是在等待？

白昼是近了还是很遥远？

---

① 这是为回答波隆斯基的赠诗而作。雅可夫·彼得罗维奇·波隆斯基（1819~1898）。

群山之巅在微微发亮，

森林、山谷还笼着雾帐，

乡村和城市都在安眠，

可是，请抬头望望天上……

你看：有一条变得绯红，

像透露出内心的激情之火，

越来越活跃，越来越鲜明——

终于整个被烈焰包裹——

只要再过上那么一分钟，

在这片辽阔无垠的太空，

太阳就会用明亮的光线

向全世界敲起胜利的洪钟……

1865 年 7 月 29 日

写于 1864 年 8 月 4 日一周年前夕 ①

我就是这样沿着大路彷徨，

静静的白昼只剩下余光一抹，

我心情沉重，夜晚寂静无声……

亲爱的朋友啊，你是否看见了我？

---

① 为纪念杰尼西耶娃逝世一周年而作。杰尼西耶娃于 1864 年 8 月 4 日逝世。

大地越来越黑，越来越黑呀——
白日最后的光晖也已经藏躲……
这就是我俩曾经生活的世界，
我的天使呀，你是否看见了我？

明天将是祈祷和悲痛的一天，
明天将重温那噩运降临的结果……
我的天使呀，不管灵魂在何方，
我的天使呀，你是否看见了我？

1865 年 8 月 3 日

多么意外，多么鲜明……

多么意外，多么鲜明，
在蓝天，透过濛濛的水汽，
升起了一道空幻的拱门，
像是在庆祝它短暂的胜利！
它把一头扎进了森林，
另一头远远地越过白云——
将半个天空揽在它怀里，
在高天里变得缥缈难寻。

啊——瞧着这七彩的虹影，

我们的双眼是多么愉快！

我们能见到它只是一瞬间，

快盯住它呀——快！——快！

你瞧——它已经越来越暗淡，

一分钟，两分钟——就消逝不见，

似乎你赖以呼吸和生存的

一切——都已经烟消云散。

1865 年 8 月 5 日

[译评]　由彩虹联想到人生之无常，但作品的情绪却
不是消极的。

夜晚的天空如此昏暗……

夜晚的天空如此昏暗，

四面八方是黑云弥漫。

不叫人害怕，不催人沉思，

倒像是愁梦——凄凉又惨淡。

只见连续不断的电火，

忽明忽灭，燃在天边，

像一群又聋又哑的魔王

彼此在进行奇怪的交谈。

如同按照预定的信号，
天空忽然亮起了一线，
周围田野和远处的森林
立刻在无边黑暗中显现。
刹那间，一切又沉入静夜，
静得能听见轻微的响声——
似乎在那片高高的天宇
正决定着什么神秘的事情。

1865 年 8 月 18 日

没有哪天心灵不愁闷……

没有哪天心灵不愁闷，
为回忆过去而痛苦不堪，
搜索枯肠，却找不到话语，
心儿在一天天枯萎、凋残。

正如你苦苦思念家乡，
为了它整日伤心不已，
却突然听说，大海的波涛
早已经把它埋葬在海底。

1865 年 11 月 23 日

不管恶语是如何猖狂……

不管恶语是如何猖狂，
不管对她是如何诽谤，
她眼中露出的磊落光明
比所有的恶魔都更有力量。

她一切都如此真诚可爱，
每一个动作是如此优美；
她心中那片无云的碧空
什么也无法搅乱、摧毁。

她不会沾上一丝污垢，
不怕愚蠢恶毒的言辞；
即使是猖獗的流言蜚语
也不能拂乱她卷曲的发丝。

1865 年 12 月 21 日

当那些新陈代谢的力量……

当那些新陈代谢的力量
不肯给我们再提供照顾，

我们就应该像老住户一样，
腾出地方给新来的住户——

上帝啊，那时请拯救我们吧，
让我们不要沮丧地苛求，
面对正在变化的生活，
别发出恶语，别暴怒不休；

让我们不要怀着恶意
去对待不断更新的世界，
那里坐进了新来的客人，
盛筵正在把他们迎接；

洪流不再把我们负载，
意识到这点别痛苦心酸，
历史赋予了另一些使命，
召唤另外的一批人向前；

摆脱那深藏已久的一切，
藏得越深，爆发越凶险——
老年人怒火冲天的唠叨
比老年的爱情更加丢脸。

1866 年 9 月初

俄罗斯星星啊，你怎么久久地
隐藏在浓密的乌云后面？……①

俄罗斯星星啊，你怎么久久地
隐藏在浓密的乌云后面？
也许你始终显露在天空，
只是视觉把我们欺骗？

夜晚，难道迎着一道道
热切注视着你的目光，
你正像流星一样陨落，
泻下一片虚幻的光芒？

夜色更浓，痛苦更深，
灾难也更加难以避免——
是谁的旗帜正沉入海中啊，
不立即醒来——就再不会醒转！……

1866 年 12 月 20 日

---

① 写作本诗的起因是克里特岛信仰基督教的斯拉夫居民反对土耳其压迫的起义。

宫殿屋顶的金光
在湖中静静地荡漾……①

宫殿屋顶的金光
在湖中静静地荡漾，
往日逝去的光荣
辉煌地映照在湖上。
太阳依旧照耀，
生活依旧进行，
阳光下神奇的往事
却至今魅力无穷。

太阳在放着金光，
湖水在翻着细浪……
古代伟大的光荣
似乎已被人遗忘；
它无忧无虑地安眠，
甜梦无人能打搅，
天鹅飞逝的叫声
也没能把它惊扰……

1866 年

---

① 写于皇家花园。

烟 [1]

过去，雄伟、美好、神奇的森林
在这里绿浪翻腾，喧嚣不息，
这不是森林，是整个多样的世界啊，
这世界充满幻想，充满奇迹。

阳光透过浓荫，树影在抖动，
树上的鸟儿不停不息地争吵，
密林中闪过脚步迅捷的鹿群，
偶尔还传来一阵猎人的号角。

在各个路口，带着亲切的问候，
披着某种奇妙莫测的光明，
从密林深处，一大群熟悉的面孔
飞快地向我们奔来，朝这里集中。

那是怎样的生活，怎样的魅力啊，
是怎样奢华的一种感情的盛宴！
我们惊异于上天造化的神奇，
这神奇的世界却近在我们的前面。

---

[1] 本诗是作者读了屠格涅夫的小说《烟》以后的反应。作者对这部小说的评价是负面的，同时对屠格涅夫未来的创作寄予期望。

如今我们又走向这神秘的森林，
怀着往日的热爱和往日的激情。
森林在哪儿呀？谁放下一张大幕，
从高空到地面遮得密不透风？

是什么？是幽灵，妖术，还是别的？
我们在哪儿？眼见的还能够相信？
像第五种元素一样，到处是烟尘，
惨淡的烟啊——简直是无穷无尽！

有些地方被大火烧得精光，
立着几个丑八怪似的树桩，
着火的树枝上蹿过白色的火焰，
噼啪直响，像预告凶险和不祥。

不——这只是噩梦！微风吹来，
会把这烟雾的幽灵从头扫却……
我们的森林又会要绿浪翻腾，
还是那一座森林，神奇又亲切。

1867 年 4 月 26 日－5 月初

172

最后的时刻是多么沉重……

最后的时刻是多么沉重——
那是我们无法理解的
濒临死亡的困倦和苦痛——
可是眼看着美好的回忆
在她的心里一点点消失，
就比一切都令人畏惧。

1867 年 10 月 14 日

我又站到了涅瓦河上……①

我又站到了涅瓦河上，
我又像过去的年代一样，
我又好像是一个活人，
向睡意沉沉的河流凝望。

蓝天看不见一点星星，
朦胧中一切寂静无声，
只见沉思的涅瓦河上

---

① 为怀念杰尼西耶娃而作。

流泻着皓月皎洁的光明。

这都是出现在我的梦中？
或者我的确置身河上？——
当你我还是两个活人，
也曾在月光下向它凝望！

1868 年 6 月

[译评] 这是作者悼念亡人的著名作品。诗人把自己
也想象成死后的亡灵，构思奇特，更体现出哀思之深，
感人肺腑。

野　火

拉开阵势，一望无边，
像密不透风的可怕的云气，
烟雾接烟雾，烟雾的深渊
紧紧地压着这片大地。

野草的暗火火苗不显，
僵死的灌木丛慢慢烧完，
天边现出了一条黑线，
那是一排烧掉的云杉。

在这可悲的大火上头，
只有烟雾，连火星儿都没有。
火光在哪里？——这坏事的元凶，
这胡作非为的罪魁祸首？

只是偶尔在某些地方，
正如一头红色的小兽，
偷偷地钻出些活跃的火苗，
像是要把灌木丛穿透！

但是当茫茫黑夜临近，
烟雾和夜色已经交融，
野火用欢庆节日的礼花
照亮了自己的整个军营。

在敌对的自然力量面前，
人只能垂头丧气地站立，
他摊开双手，默默无言——
这可怜儿是多么软弱无力！

1868 年 7 月 16 日

天上的白云慢慢消融……

天上的白云慢慢消融，
河水在暑热中不停流动，
浪涛滚滚，波光粼粼，
好像一面精钢的明镜……

气温一刻比一刻更高，
树影儿更短，枝叶也不摇，
一阵阵蜂蜜香甜的味道，
来自阳光刺目的四郊。

美妙的一天啊！——即使到将来，
多少世纪轮番地过去——
河流仍旧会波光粼粼，
田野也仍旧在暑热中呼吸！

1868 年

我们生来没有
未卜先知的本领……

我们生来没有未卜先知的本领，
不知道我们的话语会引起什么反应——
可是只要有人能够给我们同情，
就比给我们什么好事儿都叫人高兴……

1869 年 2 月 27 日

有两种力量——
是我们命中注定……

有两种力量——是我们命中注定，
我们一辈子被捏在它们的掌心，
从摇篮时期一直到进入墓坑——
一种是死亡，一种是人们的议论。

这两种力量同样地不可抗拒，
这两种力量同样地不负责任，
从没有怜悯，也绝不允许你抗议，
它的判决让人人紧闭嘴唇……

死神更正直无私——它从不偏心，
不感到难堪，也不会被人打动，
无论你温顺还是满腹牢骚，
在它的镰刀面前人人平等。

人们的议论却不同：争斗呀，分歧呀，
这嫉妒的主宰者全都忍受不了，
它从来不会割掉所有的植株，
但最好的谷穗常常被连根撂倒。

死神伤心了——哎呀，它加倍地伤心，
心疼那骄傲的力量，年轻又骄傲，
他们正走向众寡不敌的斗争——
目光里充满决心，脸带着微笑。

死神终于意识到自己的权利，
满怀勇气，带着庄严的美丽，
亲身降驾，迎着诽谤走来，
毫不颤抖，展现出它的魅力。

它没有用面具来遮盖它的面目，
反而高高地昂起自己的头颅，
从年轻人鬈发上吹掉威胁和谩骂，
拂去激烈的指责，像掸掉尘土——

是呀，它伤心——它越是心地善良，

就越是显得它罪孽无比深重……
在罪过表现出真诚和人性的地方，
上流社会的凶残就更无人性。

1869 年 3 月

大自然就是斯芬克斯那妖怪……①

大自然就是斯芬克斯那妖怪。
它越是用它的考验把人们祸害，
也许越由于开天辟地以来
它从来就没有什么哑谜存在。

1869 年 8 月

给阿芭萨 ②

就这样——和谐优美的乐声
对心灵产生了无比威力，

---

① 斯芬克斯——古希腊神话中带翼的狮身女怪，用谜语为难过往的行人，猜不出的人就被杀死。
② 尤丽雅·费奥多罗夫娜·阿芭萨（？~1915）——音乐家，女歌唱家。

人人喜爱这音乐语言——
亲切动人，虽然很忧郁。

乐声中有什么在呻吟，搏跳，
就像被镣铐束缚的魂灵，
它呼吁自由，奔向自由，
力求发出自己的呼声……

也许是神往于你的歌唱，
也许是沉迷于内心感受：
我们充满了解放的激情，
要结束一切争斗和奴役……

甩掉尘世的沉重包袱，
解脱镣铐和奴役、屈辱，
获得自由解放的心灵
尽情地庆祝，欢欣鼓舞……

由于这无比强大的召唤，
黑暗中已经出现了光明，
我们听到的不再是音乐——
是你的灵魂啊，鲜活的灵魂！

1869 年 12 月 22 日

不管离别是如何折磨……

不管离别是如何折磨，
我们从不为它所左右——
可是心灵有另一种痛苦，
更加深沉，更难忍受。

分手的时刻虽然过去，
它却把赠品留给了我们：
那是一张蒙眬的帷幕，
让我们彼此看不分明。

我们知道：这薄雾轻烟
把痛切关心的一切阻挡，
有些无形的奇怪的东西
躲避着我们——又一声不响。

这种折腾有什么目的？
心灵不由得感到焦虑，
于是它随着误解的车轮
旋转不停——虽然不愿意。

别离的时日终于过去，
重逢的时刻终于到来，

然而那如此可憎的帷幕——

我们却不敢触碰和掀开！

1860 年代末

克．勃．①

我遇到了您②——往日的一切

就在我颓唐的心中醒转；

我记起了那些黄金的岁月——

心头就感到如此温暖……

深秋时节常常会出现

这样的日子，这样的时光，

当突然吹来春天的气息，

某种情感就激荡在心房——

就这样，我像被春风陶醉，

灵魂和当年一样充实，

我怀着久已遗忘的痴情，

向您可爱的面容凝视……

———————————

① 据说也是写给克留登内尔男爵夫人的。(参见《我记得那个黄金般珍贵的片刻……》一诗。)

② 俄俗，与有婚姻史的女子谈及感情，不称对方为"你"而称"您"。

就像经历了长久的别离，
我向您凝视，犹如在梦里——
于是那从不曾静止的声音
在我心头更清晰地响起……

这不光是往日生涯的回忆，
而是生活又发出呼声——
您身上还是当年的魅力啊，
我心中还是当年的爱情！……

1870 年 7 月 26 日

我们服从最高的旨意……①

我们服从最高的旨意，
站岗来关思想的禁闭，
我们对这事儿不大热心，
虽然手里正拿着武器。

我们拿武器并不情愿，
很少用它去威胁思想，

---

① 写在外国书刊审查委员会同事的纪念册上。作者是该委员会的主席。

我们不想做监狱的卫兵，

宁愿为尊贵的客人站岗。

1870 年 10 月 27 日

多年和我作伴同行的哥哥呀……①

多年和我作伴同行的哥哥呀——

连你也走了，去了我们该去的地方！

我如今独自站在光秃的山顶，

举目四望—— 一片空虚渺茫。

我还能一个人在这里站立多久呀？

一天？一两年？——这里的一切会消失，

虽然我如今在这里凝望夜空，

我的命运会如何——自己也预计……

万物将消失无踪——多么容易！

有我没我——全都没什么关系。

一切和过去一样——风雪在喧嚣，

同样的黑夜，同样的草原野地。

---

① 为悼念兄长尼古拉·伊万诺维奇·丘特切夫（1801~1870）而作。

大限将临，数不清逝去的日月，

活泼的生命早就一去不返，

出路完全断绝，噩运当头啊，

该轮到我走的日子已经不远！

1870 年 12 月 11 日

不论生活给我们多少教训……

不论生活给我们多少教训，

我们的心儿总是在相信奇迹：

它相信会有永不枯竭的力量，

它相信会有永不衰败的美丽。

尘世的法则可以让万物凋残，

却不能损害天国花儿的娇美，

正午酷烈的阳光也绝不可能

晒干那些花儿上晶莹的露水。

这种信仰不会用一些谎话

欺骗全心靠它生活的人们，

盛开的鲜花不会全都凋谢，

当年的一切也不会飞逝无痕。

谁如果通过严格的生活考验，
能够像你这样怀着热爱去受难，
善于用自己艰难困苦的经历
去医治他人心灵的各种疾患，

就能够理解少数人具有的信念，
就能够理解这信念是多么美好，
只有能够为朋友勇敢捐躯，
才能把所有这一切忍受到末了。

1870 年

生活曾经在这里喧闹……①

生活曾经在这里喧闹，
热血在这里如河水奔流，②
有什么留存到我们今日？——
只见到两三个高耸的坟丘……

两三棵橡树长在那上头，
向四周大胆地伸开枝叶，
喧腾又炫耀——任它的根须

---

① 勃良斯克县符什日村观感。那里保存了许多古墓，有许多出土文物。
② 十七世纪，符什日公国是血腥内战的地点。

把谁谁的骨灰和往事翻掘。

大自然完全不知道过去，
也不理我们空虚的流年，
面对她，我们模糊地想起：
自己不过是她的梦幻。

我们全都是她的儿孙，
在干着些徒劳无益的功勋，
她挨个儿用深渊把我们迎接，
让我们安息—— 一视同仁。

1871 年 8 月 17 日

上帝惩罚我，
剥夺了我的一切……①

上帝惩罚我，剥夺了我的一切：
健康，意志，空气和美梦的香甜，
只为了让我还能够向他祈祷，
他唯独把你继续留在我身边。

1873 年 2 月

---

① 写于病逝前。是写给第二任妻子爱尔内斯丁娜·费奥多罗夫娜·丘特切娃的。

意大利之春 ①

花香袭人，天空放晴，
二月的花园里迎来了早春，
扁桃花霎时间开满了丛林，
一片洁白就遍洒在绿荫。

1873 年 2 月

不眠之夜 ②
（夜深时分）

夜深时分，在荒凉的城市，
有个时刻饱含着忧郁，
夜幕降临到全城上空，
四方的昏黑变得更浓，
万籁俱寂，月亮升起，
在昏暗的夜空，明月的光里，
只有些教堂散落在远方，
一座座圆顶闪着金光，
张着大嘴，凄凉又呆板，

---

① 病逝前怀念意大利之作。
② 写于病逝前。

188

空空地映进不眠的双眼，
我们的心儿像一个弃婴，
也那样哭叫，也那样伤心，
绝望地呼吁生命和爱情，

可是它白白祈祷和悲叹：
周围只有空虚和黑暗！
它可怜的呻吟没能拖多久，
最后就渐渐地归于乌有。

1873 年 4 月